AF299209

PALMÉRIN,

OU

LE SOLITAIRE DES GAULES,

MÉLODRAME EN TROIS ACTES,

PAR M. VICTOR.

Musique de MM. QUAISAIN et LANUSSE, Ballet de M. MILLOT.

Représenté pour la première fois, à Paris, sur le théâtre de l'Ambigu-Comique, le   février 1813.

PARIS,

DE L'IMPRIMERIE DE J. G. DENTU.

1813.

PERSONNAGES.	ACTEURS.
	MM.
LE ROI D'ANGLETERRE.	
PALMÉRIN, dit le Solitaire des Gaules.	Joigny.
OLMÉRIC, dit le Chevalier des montagnes	Fresnoy.
d'Écosse.	
	Defresne.
LE DAMOISEL, neveu d'Olméric.	Grévin.
COWELLY, écuyer du Damoisel.	Douvry.
OLORA, fille de Palmérin.	Mlle Adèle-Dupuis.
LÉONTINE, gouvernante d'Olora.	Mme Tiery.

Gardes, Pages, Peuple, etc.

*La Scène se passe dans le palais du roi d'Angleterre, et remonte
aux temps reculés de l'origine de la Chevalerie.*

PALMÉRIN.

ACTE PREMIER.

Le théâtre représente un riche salon, ouvert dans le fond par trois arcades; celle du milieu sert d'entrée; les deux latérales sont occupées chacune par un trophée d'armes. A droite de l'acteur, au deuxième plan, un trône; de chaque coté du trône, un trophée.

SCÈNE PREMIÈRE.

COWELLY, *seul, regarde autour de lui avec un air d'étonnement.*

Enfin me voilà de retour dans cet antique et somptueux palais de nos rois d'Angleterre.... Oh! oh! de quelque côté que se portent mes regards, tout semble avoir pris un nouvel aspect; tout respire un air de fête et de cérémonie. Que s'est-il donc passé depuis quinze jours que j'en suis parti pour les Gaules? ou plutôt que prépare-t-on? Ma curiosité redouble à chaque pas, et j'en ai plus d'un sujet. Mon jeune maître aura-t-il eu quelque révélation sur son bizarre destin? moi-même saurai-je enfin quel personnage on me fait jouer ici? A mon arrivée, je n'ai pu voir qu'un instant et à la hâte le Damoisel, mon maître, que j'ai instruit en peu de mots de l'inutilité de mon voyage, attendu que je n'ai pu remettre au Solitaire des Gaules la boîte cachetée qu'il m'avait ordonné de lui porter dans le plus grand secret, parce que ce singulier personnage a tout à coup quitté sa retraite, et que personne ne sait ce qu'il est devenu. Qu'est-ce encore que ce Solitaire? Qu'avons-nous de commun avec lui? Pourquoi toujours du mystère? en tout, dans tout, par-tout, du mystère? C'est un roman bien étrange que tout ce qui se passe sous mes yeux depuis six mois que j'ai quitté mon paisible hameau pour suivre à la cour les deux êtres singuliers auxquels le destin m'attache! L'un des deux, que le Roi traite avec les plus grands égards, mais qu'on ne connaît que sous le nom du *terrible Preux des montagnes d'Ecosse,* grand chercheur d'aventures et redresseur de torts, me prend à son service et me paie magnifiquement; pourquoi faire? pour être, sous le titre d'écuyer, le confident, l'espion et le délateur d'un jeune homme sans nom, sans rang, sans fortune, sans patrie, qui vient ici demander l'ordre de la chevalerie, et auquel on prédit les plus hautes destinées!.... Certes, si ces deux hommes ne sont pas d'illustres personnages, l'un est un fourbe qui médite quelque mauvaise action, l'autre la victime de l'inexpérience, et moi le plus imprudent des hommes si je persiste à jouer un rôle qui depuis long-temps révolte ma délicatesse. C'en est fait, mon parti est irrévocablement arrêté: je ne veux tromper ni l'un ni l'autre; je déclare au Preux des montagnes d'Ecosse que je ne le sers plus; je me donne entièrement au Damoisel, à qui mon cœur m'attache autant que mon devoir, et je soulage ainsi ma conscience du poids insupportable de la pensée d'une trahison. Mais que vois-je?... Le hasard me seconde à merveille, car le Preux des Montagnes s'avance. Allons, le sort en est jeté.

SCÈNE II.
OLMÉRIC, COWELLY.

OLMÉRIC.

Ah c'est toi, Cowelly! Je te revois avec plaisir; le moment approche où j'aurai plus que jamais besoin de ton zèle.

COWELLY.

Vous voulez dire de mes services. Seigneur, c'est m'honorer, sans doute; et je voudrais répondre à vos desirs; mais il n'est plus en mon pouvoir de seconder vos desseins.

OLMÉRIC.

Comment?...

COWELLY.

Excusez ma franchise, et dispensez-moi de l'office que j'ai rempli jusqu'à ce jour. Ecuyer du Damoisel, c'est à lui seul que désormais je veux appartenir.

OLMÉRIC.

Qu'entends-je? Est-ce Cowelly qui me tient ce discours? A-t-il donc oublié la promesse qui l'engage?

COWELLY.

J'ai pris, sans le connaître, un engagement que je ne puis ni ne dois tenir, et je le romps. Rendez-moi ma promesse et ma liberté.

OLMÉRIC.

Quoi?....

COWELLY.

Je vous l'ai dit, je ne puis plus long-temps soutenir un rôle dont ma conscience commence à s'alarmer. Est-il honnête à moi d'être nuit et jour l'espion de mon maitre? d'observer toutes ses actions, de retenir ses discours, de surprendre jusqu'à ses pensées les plus secrètes pour vous en rendre compte? Puis-je, sans blesser toutes les lois de l'honneur, sans manquer au premier de mes devoirs, trahir à chaque instant un jeune homme aimable, confiant, qui me croit son ami?... Ah! cette idée me révolte, et me fait perdre toute ma bonne humeur.

OLMÉRIC.

Tu me crois donc sur lui quelque dessein coupable?

COWELLY.

Non, mais je ne sais où doit s'arrêter ma pensée; car enfin, pourquoi vous-même semblez-vous redouter les regards de la cour, et n'y portez-vous d'autre nom que la devise de vos armes? Pourquoi ne paraissez-vous jamais aux yeux du Damoisel que sous un aspect mystérieux, bizarre; et frappez-vous sans cesse l'imagination déjà trop exaltée de ce jeune homme par des discours énigmatiques, des sentences prophétiques, et mille moyens diaboliques, à rendre les gens fous? L'homme dont les intentions sont pures marche droit et parle clair...... Pardon, je n'ai pas le dessein de vous offenser : vous êtes un chevalier que l'on révère sans le connaître ; mais, seigneur, mettez-vous à ma place, que feriez-vous ?

OLMÉRIC.

Ce que tu fais toi-même. Oui, ton discours, qui d'abord m'avait déplu, en l'interprétant mieux, achève de te mériter mon estime. Je vois avec satisfaction que tu es bien l'homme que je cherchais ; et pour dissiper tes justes inquiétudes, je vais enfin t'ouvrir mon cœur, t'apprendre de grands secrets, et te rendre le dépositaire des destinées d'un jeune homme qui m'est bien cher, et pour lequel ton attachement remplit un de mes premiers vœux.

COWELLY.

Ah, sur ce pied, c'est différent. Daignez m'instruire de vos projets, et si l'honneur en est la base, comptez toujours sur le dévouement de Cowelly.

OLMÉRIC.

Regarde autour de toi : vois-tu la pompe guerrière qui décore ces lieux ? ces armes, ces trophées, ces images de gloire ?

COWELLY.

Eh bien, que se prépare-t-il ?

OLMÉRIC.

Une illustre vengeance.

COWELLY.

Une vengeance !

OLMÉRIC.

Un grand jour va s'ouvrir, un plus grand doit le suivre, et le terme de ma mission approche.

COWELLY.

Vous me parlez comme au Damoisel ; je ne vous comprends pas.

OLMÉRIC.

Le nom d'Alfrède est-il connu de toi ?

COWELLY.

Il l'est de toute la terre. Ce fameux chevalier, cousin de notre roi, ne fut pas moins célèbre par ses exploits, ses amours pour la belle Roselinde, et sa haine contre Palmérin, que par le crime affreux dont il périt la victime.

OLMÉRIC.

Eh ! bien, ce grand chevalier, ce parent du monarque, cet Alfrède enfin, était mon frère, et ton maître est son fils.

COWELLY.

Dieu ! que m'apprenez-vous ? Ainsi donc je vois devant moi cet étonnant Olméric que sa vertu sévère éloigna des grandeurs, et que l'on croit perdu depuis plus de vingt ans ?

OLMÉRIC.

Lui-même. Dès l'âge le plus tendre, insensible aux vains plaisirs d'une cour voluptueuse, dont la mollesse énerve le courage et flétrit la vertu ; irrité du spectacle avilissant des éternelles intrigues, des basses jalousies d'un vil ramas de courtisans, faibles et orgueilleux esclaves, qui n'ont des vrais guerriers que les armes et les devises, j'ai fui pour jamais un séjour sans attrait pour qui n'aime que la gloire, et je suis allé chercher ailleurs des hommes et des lauriers. On traita, je le sais, de rudesse et d'âpreté la fière indépendance d'une ame noble et pure. Le silence fut ma réponse; et pour élever entre la cour et moi une barrière éternelle, je renonçai pour toujours à l'éclat de ma naissance, j'abandonnai jusqu'à mon nom. Le lieu témoin de mon premier exploit m'en fournit un dont j'ai rempli l'univers; et bientôt traversant les mers, j'allai combattre les chevaliers de la Mauritanie. Le Roi et Alfrède, seuls instruits de mon destin, me gardèrent le secret. Il n'est donc point étonnant que mes traits, changés par vingt années, et de longs voyages, ne soient point reconnus dans une cour où j'ai si peu vécu.

COWELLY.

Rien n'égale ma surprise, si ce n'est la joie que j'éprouve en songeant au rang illustre où mon jeune maître va se voir élevé. Mais pourquoi lui cacher un tel bonheur? Quand saura-t-il qu'il est le fils d'Alfrède?

OLMÉRIC.

Quand il en sera digne, quand il aura vengé son père.

COWELLY.

Que dites-vous?

OLMÉRIC.

Je t'ai promis une confidence entière; écoute. Lorsqu'Alfrède, aux yeux de toute la cour, dédaigné par Roselinde et vaincu par son rival, quitta l'Angleterre, ce fut dans mes bras qu'il vint cacher sa honte et son désespoir. Pour distraire sa douleur, je l'entraînai sur mes pas. Nous traversâmes la brûlante Egypte, nous parcourûmes l'aride Judée, nous pénétrâmes jusqu'aux rives de l'Euphrate. Là, un hymen brillant, mais sans amour, semblait devoir fixer son sort. Hélas! pourquoi le jour qui le rendit père lui ravit-il son épouse? Dès qu'il fut affranchi du lien qui l'arrêtait, le désir de la vengeance se réveilla dans son cœur, rien ne put le retenir loin de sa patrie et de l'ennemi qu'il brûlait de combattre. Mon frère, me dit-il en mettant dans mes bras son fils, qu'il mouillait de ses larmes; mon frère, je te confie ce que j'ai de plus cher, et je cours me venger. Si je succombe, prends soin de cet enfant; qu'il devienne un héros, qu'il me venge à son tour : à ce prix, tu lui diras mon nom, et quel sang l'a fait naître. Mais s'il trompe mon espoir, s'il est indigne de moi, je veux qu'il reste à jamais inconnu dans le monde, et qu'avec moi périsse ma mémoire et ma race. Tel est mon dernier vœu. Hélas! Alfrède a succombé! Que pouvait sa valeur contre le poignard d'un assassin?

COWELLY.

Odieux Palmérin! Mais le jeune Alfrède, que devint-il depuis lors?

OLMÉRIC.

Chargé d'exécuter l'ordre sacré de son père, je remis cet enfant précieux entre les mains d'Iwar, mon vertueux écuyer, qui l'éleva secrètement dans les montagnes d'Ecosse. Durant son enfance, je repris ma vie errante et guerrière; mais quand le temps fut venu

d'accomplir ma promesse, pour la première fois je revis l'Angleterre. J'avais instruit le Roi de mon retour et de mes desseins.
Approuvé par lui, j'ordonnai au Damoisel de se rendre à la cour, et
moi-même je l'y suivis sans en être connu. Ma conduite, le mystère
qui me couvre, tous les moyens que j'ai dû employer, s'expliquent
maintenant à tes yeux. Mais changeons de discours : quelle est cette
jeune personne dont la beauté reçoit tous les hommages, et qui ne
paraît sensible qu'à celui de ton maître?

COWELLY.

J'aurais dû vous en instruire, je le sais; mais on craignait votre
sévérité : d'ailleurs, le rang que la jeune Olora tient à la cour me
rassurait sur l'avenir. Nièce de la duchesse Stéphanie, qu'elle a
perdue depuis dix-huit mois, et comblée des plus tendres témoi-
gnages de l'affection du Roi, je n'ai rien vu que d'honorable et
d'élevé dans le sentiment qu'elle inspire à mon jeune maître. Le
condamneriez-vous?

OLMÉRIC.

Peut-être : le temps éclaircit bien des doutes. Si je ne me
trompe, quelque grand secret couvre aussi la naissance de cette
aimable orpheline.

COWELLY.

Elle doit le jour, dit-on, à un frère de la duchesse, mort en
Palestine.

OLMÉRIC.

En effet, on le dit. Mais c'est assez nous occuper d'un amour
qui n'est peut-être qu'un goût passager. Un soin plus important
m'appelle auprès du Roi, et j'y vais. Toi, cependant, silence et
discrétion.

COWELLY.

Vous connaissez Cowelly; il est à vous jusqu'à la mort.

OLMÉRIC.

J'y compte. (*Il sort.*)

SCÈNE III.

COWELLY, *seul.*

Voilà donc tous mes soupçons détruits, tous mes scrupules éva-
nouis. Quoi! le Damoisel est fils d'Alfrède! Quelle joie pour lui!
Quel moment pour la sensible Olora!... Mais que signifie, cependant, le ton mystérieux d'Olméric en me parlant de cette jeune
personne? Que peut-il soupçonner? Son destin serait-il un mystère comme le nôtre? La rencontre serait bizarre. Comment s'en
assurer?... Par qui découvrir...? Madame Léontine, sa gouver-
nante ou plutôt son amie, qui ne l'a point quittée, dit-elle, depuis l'enfance, peut seule sur ce point avoir quelques lumières;
mais comment espérer...? La voici. (*Léontine, en entrant, s'arrête, surprise de voir Cowelly.*)

SCÈNE IV.

COWELLY, LÉONTINE.

LÉONTINE.

Eh mais, je ne me trompe pas... C'est Cowelly que je vois.

COWELLY.

Lui-même, madame Léontine , tout enchanté du plaisir de vous rencontrer.

LÉONTINE.

Depuis quinze jours qu'êtes-vous donc devenu? Où êtes-vous allé?

COWELLY.

Au pays des merveilles et des amours.

LÉONTINE , *avec inquiétude.*

Dans les Gaules?

COWELLY.

Vous l'avez dit. Le délicieux séjour! Figurez-vous un ciel d'azur et des campagnes comme des jardins. Imaginez les hommes les plus galans , les femmes les plus aimables , les vins les plus exquis, les plaisirs les plus variés, enfin tout ce qui peut enchanter le goût, l'esprit et les sens, et vous n'aurez encore qu'une ébauche imparfaite de ce véritable paradis terrestre.

LÉONTINE , *préoccupée.*

Vous avez été dans les Gaules... et sans doute c'est par ordre du Damoisel?

COWELLY.

Il ne fallait pas moins pour m'éloigner de lui.

LÉONTINE , *à part.*

Juste ciel! serions-nous l'objet de ce voyage?

COWELLY , *à part.*

D'où vient donc qu'elle paraît troublée?

LÉONTINE.

Monsieur Cowelly, c'est un homme bien extraordinaire , bien incompréhensible, que votre maître?

COWELLY.

Oh! plus étonnant mille fois que vous ne pouvez l'imaginer. S'il m'était permis seulement de vous apprendre.....

LÉONTINE.

Quoi?

COWELLY.

Un peu de patience encore, et bientôt, oui, bientôt, vos yeux seront éblouis de tout ce qu'ils verront. Mais que dis-je? dans ces lieux, rien doit-il étonner?

LÉONTINE.

Comment que voulez-vous dire?

COWELLY, *observant Léontine.*

La cour n'est-elle pas le séjour des prestiges , des illusions? Rien n'est moins sûr que ce qu'on y voit, moins réel que ce qu'on y touche. Il est si commun d'y rencontrer des gens qu'un motif inconnu force d'y cacher leurs traits sous un masque officieux , que je serais bien surpris si mon maître était le seul ici que le mystère couvrit d'un voile impénétrable.

LÉONTINE , *à part.*

Il me fait trembler! Rompons cet entretien. (*Haut.*) Monsieur Cowelly, quelque plaisir qu'on ait à vous revoir, je ne veux point abuser de votre complaisance. Arrivé depuis peu d'instans ,

vous devez avoir bien des soins à remplir, et je crois m'être
aperçue que vous alliez sortir lorsque je suis entrée.

COWELLY , *à part.*

J'embarrasse , éloignons-nous. (*Haut.*) Auprès de vous on
oublie facilement ses devoirs. Mais vous m'en faites souvenir, et
je me rends auprès de mon maitre. (*Il sort après un salut affec-
tueux.*)

SCENE V.

LÉONTINE , *seule.*

Ce voyage de Cowelly m'étonne à un point... Aurait-on découvert notre fatal secret? Depuis quelques jours le Damoisel parait
inquiet , rêveur... Son écuyer revient des Gaules , où nous savons
trop bien que Palmérin est caché. Ses discours ont même un sens
équivoque... Ah ! c'est trop rester dans cette incertitude ; il faut
un éclaircissement. Si la triste vérité doit être connue , il vaut
mieux qu'elle sorte pure de notre bouche, qu'altérée par la voix
trompeuse de la renommée. Voici Olora. Quelle sera sa surprise !

SCENE VI.

OLORA , LÉONTINE.

LÉONTINE.

Ah ! c'est vous , ma chère maitresse ! Cowelly a reparu , je
viens de le voir, il arrive des Gaules !

OLORA *avec effroi.*

Des Gaules! ah ! ma chère Léontine.

LÉONTINE.

J'ai prévu vos alarmes à cette effrayante nouvelle.

OLORA.

Plus de doute ; ils auront découvert le secret de ma naissance ;
ils cherchent mon père...

LÉONTINE.

Ne vous livrez pas encore à ces affreux soupçons. D'ailleurs,
quand le Damoisel aurait pénétré votre secret, quand il décou-
vrirait l'asile de votre père , qu'auriez-vous à redouter de lui ?

OLORA *avec douleur.*

Il me méprisera , me haira peut-être.

LÉONTINE.

Oui , si la voix publique l'instruisant de vos malheurs, répand
sur eux le venin de la calomnie ; mais si vous-même , cédant à la
plus impérieuse nécessité , et vous armant d'une noble franchise ,
vous lui faites un sincère aveu ; n'en doutez pas , madame , son
ame sera touchée de tant de courage ; il n'osera douter de l'innocence de votre père : l'amour même prêtera des forces à sa justification.

OLORA.

Quoi ! tu veux que, sans mourir de douleur et de honte , je lui
dise : Olora vous a trompé , elle n'est point la nièce de la duchesse
Stéphanie ; c'est la fille... Grand Dieu !... la fille de Palmérin !

LÉONTINE.

Oui , mais de Palmérin innocent , faussement accusé , injustement proscrit , enfin du plus infortuné mais du plus vertueux
des hommes.

OLORA.

Mais peut-être qu'il ne sait rien encore ; pourquoi... ?

LÉONTINE.

Voulez-vous donc qu'il vous reproche un jour de l'avoir laissé
dans l'erreur ? D'ailleurs , qui peut prévoir les évènemens que ce
grand jour doit amener ?

OLORA.

Que veux-tu dire ?

LÉONTINE.

Ce tournoi par - tout annoncé , les fêtes qui doivent le suivre ,
ne peuvent-elles pas inspirer à votre père le désir de revoir un
instant sa fille et sa patrie ? Dans la foule immense des chevaliers
étrangers qui s'y rendent de toutes parts , il pourrait facilement
dérober ses traits à ceux qui le connaissent.

OLORA.

Dieu ! quel espoir tu fais naître en mon ame ! Ah ! je donnerais
la moitié de ma vie pour jouir un moment du bonheur de le voir.

LÉONTINE.

Mais vous-même , pourriez-vous le reconnaître ? Depuis votre
enfance vous ne l'avez vu qu'une seule fois , et sous un nom
supposé.

OLORA.

N'importe , chère Léontine ; il est toujours présent à ma pensée.
Oui , je crois l'avoir encore devant les yeux : je le vois couvert de
son armure lugubre , et la douleur empreinte sur tous les traits.
Un crêpe funèbre lui sert d'écharpe , un autre enveloppe son bras.
Son écu , sans devise , est noir , ainsi que le panache qui ombrage
son casque : tout , dans son aspect , respire le deuil et la tristesse.
Ah ! ses armes , ses traits et sa douleur , sont pour jamais gravés
dans ma mémoire.

LÉONTINE.

Eh bien , s'il paraissait , si le sort propice ou malheureux l'ame-
nait aujourd'hui , il dépend de vous qu'il trouve dans le Damoisel
un défenseur , un appui. Et qui sait si quelque jour la protection de
ce jeune homme ne deviendra point d'une haute importance ?
Enfin si , comme vous , le Damoisel cache aussi quelque secret
funeste , votre confiance provoquera la sienne , et son cœur osera
s'épancher dans le vôtre.

OLORA.

Tu le crois ?... Eh bien , Léontine... eh bien , je le ferai , ce cruel
aveu. Depuis que j'ai perdu ma généreuse protectrice , tu sais que
j'ai mis mon bonheur à te chérir , et mon devoir à suivre tes conseils.... Il saura tout.... Dieu ! c'est lui !

LÉONTINE.

Allons , madame , du courage.

SCÈNE VII.

LE DAMOISEL (1), OLORA, LÉONTINE.

LE DAMOISEL.

Eh quoi ! c'est vous, belle Olora ! si matin dans ces lieux ! L'agitation qui règne à la cour aura sans doute troublé votre repos. Déjà mille chevaliers se rassemblent dans les galeries du palais, tout retentit du bruit des chars et du frémissement des armes : les hérauts annoncent au son des fanfares le tournoi qui va s'ouvrir et la réception qui doit le précéder. Le nom seul du chevalier est encore un mystère : mais qu'il est heureux celui que le roi même doit armer dans ce jour ! Hélas ! si, comme le mien, son cœur éprouve le tendre empire de l'amour, il pourra, fier d'un si noble esclavage, mettre aux pieds de sa dame, sa vie, sa gloire et son épée. Ah ! quand un si beau jour luira-t-il donc pour votre amant ?

OLORA, *bas à Léontine.*

Tu l'entends, c'est encore pour moi qu'il en forme le vœu.

LE DAMOISEL.

On vous verra sans doute à cette fête brillante ?

OLORA.

Non, seigneur, non, vous ne m'y verrez pas. Ces plaisirs, cette pompe, ne sont plus faits pour moi : l'obscurité, les larmes, voilà désormais mon partage.

LE DAMOISEL.

Qu'entends-je ?.... Quel discours ?... La surprise a troublé mes sens !.. Vous, ne point y paraître ! Quelque peine secrète, quelque malheur imprévu, auraient-ils altéré le bonheur de ma tendre Olora ?

OLORA.

Le bonheur !... Hélas ! il n'en est pas pour moi. Ce cœur apprit à souffrir en apprenant à se connaître, et le destin m'a conduite de douleurs en douleurs, jusqu'au dernier degré de l'infortune, de l'humiliation et du désespoir.

LE DAMOISEL.

Grand Dieu ! .... Mais je vois couler vos larmes ! Ah, dissipez mon affreuse inquiétude.

OLORA.

Que me demandez-vous ? Fuyez plutôt, oubliez une infortunée... Abandonnez un cœur coupable qui vous trompa, et qui, sous de vains dehors, osa recevoir un hommage dont il n'était pas digne.

LE DAMOISEL.

Vous me glacez d'effroi !.... Vous, me tromper !... Non, non, la douleur vous égare. Ah! par pitié, daignez vous expliquer.

OLORA.

Vous l'exigez.... Oui, je sens que je le dois. Vous allez me connaître ; mais ne m'accablez pas d'un injuste mépris.

LE DAMOISEL.

Moi !.... Parlez, parlez, de grâce !

---

(1) Le Damoisel, au premier acte, porte l'habit d'aspirant à la chevalerie ; aux deuxième et troisième actes, il est vêtu en chevalier.

OLORA.

La duchesse Stéphanie ne fut point ma parente.... aucun lien du sang ne m'attachait à elle.... Seule au monde, repoussée de tous, sans appui, sans espoir.... je suis.... je suis la fille... Ah! je n'ai pas la force d'achever !.... (*Elle se couvre le visage.*)

LÉONTINE.

Eh bien, ce sera moi qui l'acheverai, ce terrible aveu ! Seigneur, vous avez sans doute entendu parler du trop célèbre et malheureux Palmérin ?

LE DAMOISEL.

Palmérin !... Juste ciel !.... eh bien ?

LÉONTINE.

Armez-vous de tout votre courage, mais craignez sur-tout, craignez d'être injuste et barbare. Voilà sa fille.

LE DAMOISEL.

Sa fille !... La fille de l'assassin d'Alfrède !...

OLORA, *avec énergie.*

Arrêtez ! arrêtez ! mon père est innocent.

LE DAMOISEL.

Ah, madame ! excusez mon trouble.

LÉONTINE.

Oui, son père est innocent, nous pouvons l'attester sur l'honneur. Cet Alfrède, l'auteur de tous nos maux, est mort, il est vrai, mais non pas sous ses coups ; le reste est un mystère horrible, inexplicable.

LE DAMOISEL.

Il serait innocent! Ah! vous me rendez la vie. Mais comment vois-je à la cour la fille de Palmérin ?

OLORA.

J'avais déjà perdu ma mère quand un injuste arrêt, proscrivant les jours de mon père, le força d'aller cacher sa tête sous un ciel étranger. Ses biens avaient été saisis, ses châteaux détruits ; je restais seule, sans secours, sans amis, abandonnée de tous, excepté de ma chère Léontine, qui ne pouvait m'offrir que sa tendresse et ses larmes. Dans cette affreuse situation, une ancienne amie de ma famille, ou plutôt un ange envoyé du ciel, vint me tendre une main secourable ; c'était la duchesse Stéphanie. Certaine de l'innocence de mon père, touchée de ma jeunesse et de mes malheurs, elle me recueillit quand tous me repoussaient, et pour me prodiguer tous les soins d'une mère, écarter sur-tout les soupçons et m'assurer un sort dans l'avenir, elle m'éleva sous le nom de sa nièce, fille supposée d'un frère mort en Palestine. Moi-même, trompée par sa tendresse, j'ignorais le secret de ma naissance, et ce ne fut que quelques heures avant sa mort qu'elle m'en fit la révélation. Dès que j'eus acquis ces tristes lumières, je fis prendre secrètement des informations, dans l'espoir d'obtenir quelques éclaircissemens sur le sort de mon malheureux père, et de pouvoir voler dans ses bras, lui consacrer des jours qu'alors je pouvais lui donner sans partage ; mais je n'ai pu découvrir le lieu de sa retraite.

LE DAMOISEL.

Nous la découvrirons, madame; c'est à moi qu'il appartient désormais de vous rendre ce père, dont vous n'avez jamais goûté les doux embrassemens.

OLORA.

Une fois seulement, une fois mes yeux l'ont vu, et son image est restée gravée dans mon cœur.

LE DAMOISEL.

Quoi! depuis son malheur il aurait osé reparaître?

OLORA.

Il y a trois ans (c'était l'année qui précéda celle où ma bienfaitrice expira), nous étions à sa maison de campagne. Un soir, au moment où l'obscurité me forçait de quitter les jardins du château, tout-à-coup, au détour d'une allée, je vois s'avancer précipitamment la duchesse suivie d'un chevalier dont l'armure me dérobait une partie des traits. La voilà, lui dit-elle en me désignant; hélas! regardez-la, mon ami, vous n'avez qu'un moment. Alors le chevalier s'approche de moi. Je ne puis vous exprimer ce qui se passait dans mon cœur. Tous les deux immobiles, nous nous regardions en silence, et la duchesse fondait en larmes. L'inconnu me prend la main, il la presse sur son cœur en laissant échapper un profond soupir; puis se tournant vers sa conductrice : C'est assez, lui dit-il; je suis satisfait, mais bien malheureux! A ces mots, il s'éloigne, et la nature m'a dit le reste.

LE DAMOISEL.

Ah! qui mieux que moi peut comprendre et partager vos peines? Jamais non plus je n'ai connu le bonheur d'être appelé du nom de fils.

LÉONTINE.

Nous venons de vous révéler un secret dont le ciel seul était dépositaire; notre sort est entre vos mains. Ah, seigneur, serait-il juste de nous laisser ignorer toujours à qui nous avons confié toute notre existence?

LE DAMOISEL.

Hélas! que ne puis-je vous satisfaire!

OLORA.

Hier encore, tant de réserve aurait pu m'affliger; aujourd'hui je sens trop que je n'ai pas le droit de m'en plaindre : il faut la mériter pour exiger la confiance.

LE DAMOISEL.

Que dites-vous !.... injuste Olora, que ne pouvez-vous lire dans le fond de mon cœur! vous y verriez que vos malheurs vous rendent, s'il se peut, plus chère à mon amour.

LÉONTINE.

Cependant vous lui cachez jusqu'à votre nom.

LE DAMOISEL.

Et comment vous l'apprendrais-je, lorsque je n'en ai pas.

OLORA.

Vous n'avez pas de nom !....

LÉONTINE.

Qui donc vous a présenté à la cour , et quelle main éleva votre enfance ?

LE DAMOISEL.

Au milieu des montagnes de l'Écosse , dans une vallée froide et sauvage que traverse un torrent, s'élève un antique manoir. C'est là que loin du monde, dans un profond secret, s'écoula mon enfance. Iwar, respectable guerrier, l'habitait seul. Il y forma ma jeunesse par une éducation sévère, mais dans une ignorance absolue de moi-même. Jeune homme, me disait-il souvent, sois brave et hardi , le sort t'appelle à de grandes choses. Quand j'eus atteint l'âge d'aspirer à la chevalerie, il me conduisit sur une haute montagne d'où l'on découvre plusieurs chemins. J'y trouvai un coursier et des armes. Pars, me dit Iwar, suis ce chemin , vas demander au roi l'ordre de la chevalerie. Quand tu auras mérité, de connaître et de porter ton nom, un illustre chevalier te dira quel fut ton père, te montrera son meurtrier, et tu le vengeras. A ces mots il me quitte, et se perd dans les montagnes.

OLORA.

Il vous laissa seul au milieu de ces déserts ?

LE DAMOISEL.

Je suivis le chemin qu'il m'avait indiqué. Bientôt une forêt se présente, et la route s'y enfonce. Tout-à-coup s'offre devant moi un chevalier qui m'arrête au passage. Sa taille est haute , son maintien fier, son armure bizarre, et tout son aspect farouche et singulier. Damoisel, me crie-t-il, sais-tu porter la lance ? Tu vas le savoir, lui dis-je. A l'instant nous courons l'un sur l'autre , et je le jette sur la poussière. Il se relève et m'adresse ces mots : Ta victoire me comble d'espérances ; poursuis ton chemin , dis que tu as vaincu le Chevalier des montagnes d'Ecosse , et quand tu auras besoin d'un ami véritable , compte sur moi. Il me quitte, et j'arrive à la cour. Mais jugez de ma surprise ! ce même chevalier que j'ai vaincu dans la forêt , toujours bizarrement armé , mystérieux , incompréhensible , m'avait devancé dans ces lieux , annoncé au Roi, et fait inscrire parmi les aspirans , sous le nom du Damoisel inconnu.

OLORA.

Cet homme singulier est donc votre guide, votre protecteur ?

LE DAMOISEL.

Je ne sais ce qu'il est, ni quel motif le fait agir : mais sa conduite quelquefois confond ma raison. Cet être , que je ne puis définir, épiant toutes mes démarches, surveillant toutes mes actions comme une ombre attachée à mes pas, pénétrant jusqu'à mes plus secrètes pensées, m'apparaît à chaque instant ; et avec une rigueur inflexible qui m'irrite et me subjugue, il me trace mes devoirs , me montre le chemin de l'honneur, et me rappelle la vengeance que le ciel me commande.

LÉONTINE.

Mais ce chevalier n'est donc visible que pour vous ? Nous ne l'avons jamais rencontré à la cour.

LE DAMOISEL.

Sans se cacher, il évite les regards. Cependant, à toute heure,
en tous lieux, je l'ai vu près de moi : il me semble toujours l'avoir
à mes côtés. Dans le silence des nuits sa voix résonne à mon oreille.
Jusque dans ce moment même... (*Olméric paraît.*) Le voilà.

SCÈNE VIII.

Les Précédens, OLMÉRIC.

OLMÉRIC.

Malheur au fils ingrat, s'il se livre aux douceurs de l'amour
quand l'ombre d'un père gémit et demande vengeance.

OLORA.

Dieu !

LÉONTINE.

Quel homme et quel discours!

LE DAMOISEL.

Qui que tu sois, c'est trop éprouver ma patience ! Pourquoi
m'affliger par d'injustes reproches?

OLMÉRIC.

As-tu vengé ton père ?

LE DAMOISEL.

Je ne le connais pas.

OLMÉRIC.

Es-tu digne de le connaître ?

LE DAMOISEL.

Que faut-il faire? parle, et ne m'outrages point.

OLMÉRIC.

Te livrer à la gloire, et fuir la mollesse. Fais retirer cette jeune
personne; il faut que je te parle.

OLORA, *à Léontine.*

Léontine, éloignons-nous; l'aspect de cet homme me fait trembler. (*Elle veut sortir.*)

LE DAMOISEL, *l'arrêtant.*

Arrêtez, madame. (*S'adressant à Olméric.*) Je n'ai point de
secret pour celle à qui j'ai fait l'hommage de ma vie.

OLMÉRIC.

Jeune imprudent! sais-tu s'il est à toi, ce bien que tu veux lui
donner?

LE DAMOISEL.

Ne puis-je au moins disposer de mon cœur?

OLMÉRIC.

Peut-être. (*A Olora.*) Pardon, madame; mais daignez vous
éloigner : c'est de vous-même qu'il faut que je l'entretienne.

OLORA.

De moi !... Seigneur, je me retire. (*A Léontine.*) Je ne puis
t'exprimer l'effroi dont mon ame est remplie. (*Olora et Léontine
sortent en considérant Olméric. Le Damoisel semble faire
effort pour contenir son impatience.*)

SCÈNE IX.

OLMÉRIC, LE DAMOISEL.

LE DAMOISEL.

Nous voilà seuls enfin ; que me voulez-vous ?

OLMÉRIC.

Quelle est cette jeune personne, auprès de laquelle tu perds des instans que tu devrais consacrer à la gloire ?

LE DAMOISEL.

Son nom est Olora : celui de sa famille est un secret qu'elle a confié à ma foi. Vous avez vu sa beauté, ses grâces ; ah ! si vous connaissiez ses malheurs, vous en seriez touché.

OLMÉRIC.

Tout chevalier doit honorer les dames : mais que l'amour ne soit que le délassement du héros, car il éteint la valeur quand il naît avant elle.

LE DAMOISEL.

L'amour ! Ah ! quand sa flamme est pure, je sens qu'elle est plutôt la source de l'héroïsme et de toutes les vertus.

OLMÉRIC.

Prends garde ! à ton âge on s'abuse aisément. J'ai peu connu l'amour ; la gloire a rempli ma vie ; mais je n'ai que trop vu ses funestes effets. Ce dieu perfide s'offre à nous le front paré d'innocence et de fleurs ; il séduit, on l'embrasse, et le serpent nous déchire. Hélas ! il a causé tous les maux de ton père. Imite ses vertus, et non pas ses erreurs.

LE DAMOISEL.

Mon père !... vous l'avez donc connu ?

OLMÉRIC.

Arrête : le temps n'est pas venu de m'expliquer encore. Fais ton devoir, remplis le vœu d'un père, qui du fond de sa tombe contemple en toi le seul espoir de son nom, et tu pourras ensuite donner quelques momens aux douceurs de l'amour.

LE DAMOISEL.

Eh ! bien, achevez de m'apprendre le devoir qu'il m'impose, et montrez-moi le coupable qu'il faut que je punisse.

OLMÉRIC.

Tu n'es pas encore chevalier.

LE DAMOISEL.

Hélas ! cet honneur m'est promis : mais comment puis-je l'espérer ? Sans nom, sans rang à la cour, sans titres de noblesse, qui parmi vous daignera me nommer son frère ?

OLMÉRIC.

Le plus illustre, quand je l'ordonnerai.

LE DAMOISEL.

Quand vous l'ordonnerez !... Tout vous est donc soumis ici ?

OLMÉRIC.

Quel usage ferais-tu de tes armes si aujourd'hui même tu étais chevalier ?

LE DAMOISEL.

Si j'étais chevalier!.... je volerais au tournoi, j'appellerais toutes
les joûtes, je rendrais tous les combats; l'amour me prêterait la
force et la valeur d'Artus; et, digne alors d'accomplir mon destin,
je viendrais vous dire : Donnez-moi mon nom, et montrez-moi
la victime que demande mon père.

OLMÉRIC.

Bien! jeune homme! je suis content de toi, et tu seras satisfait.

LE DAMOISEL.

Que dites-vous?

OLMÉRIC.

Aujourd'hui, tout-à-l'heure, ici, tes vœux seront comblés.

LE DAMOISEL.

Ah! n'irritez pas mon impatience par l'attrait d'un vain espoir;
hélas! il m'en coûterait la vie.

OLMÉRIC.

Pour oser former ce doute, t'ai-je jamais trompé? Le Roi va
sortir de son conseil; il viendra dans ce lieu. Restes-y, et tu verras
si ma prédiction s'accomplit. Adieu.

SCÈNE X.

LE DAMOISEL, *seul.*

Je ne puis revenir de ma surprise! Quoi, ce serait pour moi que
ce grand jour s'apprête! Je serais chevalier! O mon Olora! tes
malheurs seraient donc à leur terme! Ombre de mon père, tu
serais appaisée, et moi j'aurais un nom que je pourrais aussi rendre
illustre par mes exploits!

SCENE XI.

LE DAMOISEL, COWELLY.

COWELLY, *accourant.*

Ah! seigneur, je vous cherchais par-tout..

LE DAMOISEL.

Eh bien?

COWELLY.

Gardez-vous de quitter ces lieux.

LE DAMOISEL.

Pourquoi?

COWELLY.

C'est dans cette salle, au milieu de ces trophées, que vous allez
recevoir l'ordre de la chevalerie.

LE DAMOISEL.

Il est donc vrai! Sage Iwar, si tu ne m'as point trompé, je touche
au moment de connaître ma destinée.

COWELLY.

Ah! seigneur, ma joie en est si grande, que j'ai peine à retenir mes
larmes. Un jour de plus cependant, et je serais revenu trop tard
des Gaules pour être témoin de ce grand évènement. Ah! j'en

aurais maudit votre Solitaire introuvable. Mais à propos, seigneur, que ferons-nous de cette boîte qui lui est destinée ?

LE DAMOISEL.

Je l'ignore.

COWELLY.

Mais de qui la tenez-vous ?

LE DAMOISEL.

Il y a peu de jours que me promenant seul, aux approches de la nuit, sur les bords du Séjount, à l'endroit où s'élève le tombeau du grand Alfrède, des gémissemens frappent mon oreille ; je me dirige vers l'endroit d'où partent ces cris plaintifs, et je vois, étendu sur le bord d'un sentier, un guerrier se débattant contre la mort. Saisi d'horreur et de pitié, je veux le secourir ; mais il m'arrête, et d'une voix expirante il m'adresse ces mots : Etranger, qui que tu sois, n'entreprends point de prolonger mes jours, la trame en est coupée, et ma mort effroyable est le juste châtiment de mes crimes. Mais le ciel peut-être permet que je les répare, puisqu'il t'envoie vers moi. Approche, et si l'honneur et la pitié ont des droits sur ton cœur, jure d'exécuter ma dernière volonté. Je le promis. Alors faisant un dernier effort, il tira cette boîte de son sein, et me la remettant, il ajouta : Un grand secret y est contenu, il doit rendre la paix et l'honneur à l'innocence faussement accusée : hâte-toi donc de la faire tenir au Solitaire des Gaules ; on te dira sa retraite. Si par un sort fatal tu ne pouvais l'atteindre...... Il expira sans pouvoir achever.

COWELLY.

Et vous restâtes chargé de la boîte et du secret ?

LE DAMOISEL.

Ne pouvant quitter la cour, et sûr de ta fidélité, je te chargeai d'acquitter ma promesse.

COWELLY.

Et vous en êtes en effet dégagé, puisqu'en votre nom j'ai volé dans les Gaules pour remplir la dernière volonté du chevalier mourant. Mais puisque le Solitaire a quitté sa retraite, et que personne ne sait où il a porté ses pas, peut-être vous devriez ouvrir....

LE DAMOISEL.

Non, je dois respecter la foi promise, et attendre que le temps éclaircisse ce mystère.

COWELLY.

D'autres soins d'ailleurs vous appellent aujourd'hui.

LE DAMOISEL.

Qu'entends-je ?

COWELLY.

C'est le roi qui s'avance...... O mon maître ! vous allez être chevalier.

SCÈNE XII.

LE ROI, OLMÉRIC, LE DAMOISEL, COWELLY, Chevaliers, Guerriers, *des Écuyers portant une armure et les attributs nécessaires à l'armement d'un Chevalier. Le cortège se range, et le Roi monte sur son trône. Les Chevaliers sont en face du Roi.*

LE ROI, *sur son trône.*

Chevaliers, vous êtes instruits du sujet qui nous rassemble. Nous allons recevoir un jeune Damoisel au rang de nos frères d'armes. Il vous est inconnu ; mais fidèle aux lois instituées par Artus, c'est en votre présence qu'il va subir son examen. Si malgré les réponses du jeune aspirant il restait sur son destin quelques obscurités, d'avance je suis garant qu'il est digne en tous points de l'honneur qu'il sollicite. Qu'on présente le candidat.

LE DAMOISEL, *à part.*

Je ne puis contenir mon agitation. (*A Olméric, qui s'approche de lui et lui présente la main.*) C'est donc vous, généreux ami...

OLMÉRIC.

Silence. (*Il conduit le Damoisel en face du trône.*) Sire, et vous chevaliers, ce Damoisel, servant d'Artus, demande l'honneur d'être armé chevalier.

LE ROI.

Qui le présente, et qui répond de lui ?

OLMÉRIC.

Moi, le Preux des montagnes d'Ecosse, chevalier des Sept royaumes et de la Table ronde.

LE ROI.

Quels sont ses titres ?

OLMÉRIC.

Soixante aïeux nobles et sans tache.

LE ROI.

Ses faits d'armes ?

OLMÉRIC.

Il m'a vaincu, et c'est la première fois que j'ai mordu la poussière.

LE ROI.

Jeune homme, un tel exploit suffirait pour immortaliser un vaillant chevalier. Mais, poursuivez ; quel est son nom ?

LE DAMOISEL, *à part.*

Que répondra-t-il.

OLMÉRIC.

Le Damoisel Inconnu, jusqu'au jour où le crime puni par son bras laissera sortir de la tombe le nom glorieux que le ciel lui réserve.

LE ROI.

Il suffit, noble Preux. Et vous, jeune homme, puisse l'intérêt que vous m'inspirez, passer dans tous les cœurs. Chevaliers, vous l'avez entendu, daignez-vous l'admettre au rang de vos frères d'armes ? (*Tous les Chevaliers tendent la main en signe de con-*

sentement , et les Guerriers baissent leurs lances.) *Le Roi con- tinue :* Approchez, Damoisel. (*On place un carreau devant le trône. Olméric y conduit le Damoisel, auquel le Roi chausse l'éperon d'or, qu'on lui présente sur un plat d'argent. Un autre écuyer présente au roi une épée avec son ceinturon. Le Roi la prend et la remet à Olméric, en adressant la parole au Damoi- sel.*) Recevez cette épée qui fut terrible dans les mains de votre père. Je vous la donne en son nom, c'est avec elle que vous le ven- gerez. La tête de son meurtrier devait appartenir au glaive de la justice, mais dans les états étrangers qui lui ont ouvert un asile, la loi ne peut l'atteindre, et le crime reste impuni. Allez donc, l'honneur et les lois de la chevalerie vous le permettent, allez ven- ger à-la-fois un père et ma justice impunément bravée. (*Olméric ceint l'épée au Damoisel.*)

LE DAMOISEL , *la tirant du fourreau.*

O toi que mon père a rendue redoutable et sacrée , tu ne me quitteras plus que son ombre ne soit satisfaite et tous mes devoirs accomplis !

LE ROI.

Chevaliers, recevons son serment. (*Au Damoisel.*) Ce fut Artus qui le dicta ; songez que qui l'enfreint s'attire la haine des hommes et le courroux du ciel.

LE DAMOISEL , *l'épée nue , met un genou sur le carreau ; tous les Chevaliers tirent l'épée, et le Roi se lève.*

Je jure Dieu , Artus et cette épée, d'être fidèle à ma foi , à mon prince , à l'honneur. De vouer mes jours à l'appui du faible , au soutien du juste ; et sur-tout je promets secours à l'innocence op- primée , à la vertu persécutée. (*Le Damoisel reste à genoux ; le Roi tire son épée et lui en donne trois coups sur l'épaule en pro- nonçant les paroles suivantes :*)

LE ROI.

Au nom de Dieu , de Saint Michel et de Saint Georges , je te fais chevalier : sois preux , hardi et loyal. (*Au même instant les Chevaliers font le salut d'armes , les Guerriers baissent leurs lances , et la cérémonie est terminée.*) Jeune chevalier, un tournoi va s'ouvrir, vous en aurez les honneurs : les lois de la chevalerie vous permettent de choisir dans ma cour, la dame qui doit y pré- sider : jouissez de tous les avantages que ce beau jour vous donne.

LE DAMOISEL , *bas à Cowelly.*

Cowelly, vas, cours, dis à Olora que je suis chevalier, qu'elle essuie ses larmes, et que nos pères seront vengés. (*Le Roi sort avec tout le cortège.*)

SCÉNE XIII.

OLMÉRIC , LE DAMOISEL.

LE DAMOISEL , *à part.*

O ma chère Olora! tu vas donc présider à cette fête brillante : oui , c'est de tes mains adorées que je veux recevoir la couronne du vainqueur.

OLMÉRIC.

Eh bien ! es-tu content ?

LE DAMOISEL.

Je suis au comble de mes vœux ! mais vous , mon généreux protecteur, ou plutôt mon génie tutélaire, comment vous exprimer l'excès de ma reconnaissance ?

OLMÉRIC.

Vas, je suis payé par ton bonheur. Mais ce tournoi, ces joûtes , ces jeux d'enfant ne doivent être pour toi que le prélude d'une autre gloire. Si tu sors triomphant de la lice , un vaisseau préparé tout exprès , et dont la voile déjà se déploie , nous conduira vers la retraite qu'habite l'assassin de ton père.

LE DAMOISEL.

Vers sa retraite !

OLMÉRIC.

D'où naît ta surprise ?

LE DAMOISEL.

Quoi! vous connaissez l'asile qui le dérobe aux lois , et ce monstre respire encore ?

OLMÉRIC.

C'est à ton bras qu'il est réservé de le punir ; et pour qu'il ne puisse t'échapper, je l'ai fait chercher avec un soin infatigable. On a découvert sa retraite ; des amis fidèles , secondant mes desseins , l'observent en secret, et m'instruisent de ses moindres démarches.

LE DAMOISEL.

Hâtez-vous donc de me guider vers lui , qu'il cesse de vivre , et que sa mort commence mon existence. (*On entend sonner la trompette.*) Mais quel bruit se fait entendre ?

OLMÉRIC.

C'est le signal des combats. (*Cowelly accourt.*)

SCÈNE XIV.

OLMÉRIC , LE DAMOISEL , COWELLY.

COWELLY.

Entendez-vous, mon cher maître ? l'appel sonne, le tournoi va s'ouvrir, et déjà mille chevaliers assiègent les barrières.

LE DAMOISEL.

Qu'on prépare mes armes.

OLMÉRIC.

Rends-toi au champ d'honneur, et souviens-toi de ta promesse.

LE DAMOISEL.

J'y vole , et j'en sortirai digne , et de vous et de mon père.

OLMÉRIC.

Viens , triomphe, accours dans mes bras , et tous les deux nous compterons un de nos plus beaux jours. (*Ils sortent tous les trois.*)

ACTE II.

Le théâtre représente un jardin ; à droite un trône de verdure:

SCÈNE PREMIÈRE.
OLORA, LÉONTINE.

OLORA.

Non, je ne puis supporter davantage la vue de cette horrible fête ! Laisse-moi fuir, laisse-moi m'éloigner encore. Et ce sont là les jeux, les plaisirs des guerriers !

LÉONTINE.

Mais que doivent penser la cour et le Roi en vous voyant quitter tout-à-coup un tournoi dont vous êtes nommée la reine ?

OLORA.

Ah ! ne me vante point ce funeste honneur, qu'il faut, hélas ! acheter si cher. Comment puisse-je contempler sans mourir d'effroi le spectacle affreux des périls où mon amant s'engage?... Ah ! Léontine, toi qui connais mon cœur, juge de mes tourmens... Dieu !... qu'entends-je ?...

LÉONTINE.

C'est Cowelly qui accourt.

SCÈNE II.
OLORA, LÉONTINE, COWELLY.

COWELLY.

Eh quoi ! madame ! avez-vous pu quitter le trône et cette fête immortelle !

OLORA.

Que fait votre maître ?

COWELLY.

Des merveilles.

OLORA.

Ces cruels combats ne vont-ils point cesser ?

COWELLY.

Ils sont finis, madame.

OLORA.

Ah ! je respire.

COWELLY.

Votre incomparable chevalier recueille en ce moment les transports et les hommages de la publique admiration. Ah ! que n'avez-vous été témoin de son dernier exploit ! Non, jamais un tel combat ne s'était vu, peut-être.

OLORA.

Il a donc couru des dangers bien affreux ?

COWELLY.

Les premières joûtes étaient terminées, il avait triomphé dans tous les jeux, et déjà l'on vous cherchait pour couronner sa tête, lorsque tout-à-coup la trompette sonne, la barrière s'ouvre, et l'on voit s'avancer, d'un pas majestueux, un chevalier d'une taille imposante. Toutes ses armes sont noires ; un crêpe funèbre dé-

(23)

core sa poitrine et son bras ; et la visière de son casque , où flotte
un panache noir, nous dérobe tous ses traits.

OLORA, *à Léontine.*

Dieu! ces armes noires , cet aspect de douleur et de deuil....
tout mon sang s'est glacé!

COWELLY.

Etranger, lui crie le héraut d'armes , qui êtes-vous ? Chevalier,
répond-il d'une voix qui s'accorde avec son air martial. —Quel est
votre nom ? — Je n'en ai plus. — Votre devise? — Je donne et
cherche la mort. —Que demandez-vous ? — Le combat à outrance
contre tous les chevaliers de ce tournoi.

OLORA , *à Léontine.*

Léontine , c'est lui... c'est mon père!

LÉONTINE.

Silence, ne vous trahissez pas.

COWELLY.

A cet appel inattendu , un cri d'indignation se fait entendre, les
juges du camp se lèvent , et pour ne point ensanglanter le spectacle
d'une fête consacrée à des jeux on allait fermer les barrières , quand
mon maître s'élançaut dans l'arène , s'écrie : Au nom de tous les
chevaliers j'accepte le combat! et se tournant vers le Roi : Sire ,
ajoute-t-il, c'est le premier jour de ma gloire ; le ciel veut le
marquer par un grand exploit. Au nom d'Artus , je demande la
carrière. Le Roi , qu'entraîne sa noble ardeur, se remet sur son
trône, et le drapeau noir se deploie dans les airs.

OLORA , *au désespoir.*

Ciel injuste, qu'avez-vous permis !

COWELLY.

Chacun compare, en frémissant, l'aspect terrible du chevalier
noir et la jeunesse du Damoisel. Cependant les champions se me-
surent des yeux, tirent leurs glaives étincelans , et le silence le
plus profond règne dans les galeries. Le signal sonne ! Mille coups
à-la-fois portés, parés, avec la rapidité de la foudre , éblouissent
comme elle l'œil , qui ne peut les suivre; la crainte , l'espérance
partagent tous les cœurs; mille cris retentissent en faveur de mon
maître , et son ami, son digne ami, immobile sur le champ de
bataille, les yeux fixés sur lui, les bras tendus vers le ciel , l'in-
voque , et tour-à-tour s'écrie : Songe à ton père ! songe à ta gloire !

OLORA.

C'est assez... N'achevez pas... Léontine , je me meurs.

COWELLY.

Qu'avez-vous, madame? D'où naît cet effroi ? Le combat est
fini , les dangers sont passés , et mon maître est vainqueur.

OLORA.

Et c'est lui qui l'a frappé !... Il va venir... Je le verrai tout couvert de son sang... Je l'entendrai me demander le prix de son
horrible victoire, et mes mains... Non, non jamais !...

COWELLY.

Vous êtes dans l'erreur, rassurez-vous , madame; le sang n'a
point coulé , et tous deux respirent encore.

OLORA.

Que dis-tu?... Il respire !... O mon Dieu, je te remercie ; tu n'as pas permis ce crime abominable.

COWELLY.

L'inconnu, désarmé, roulant sur la poussière, offrait à mon maître une victime facile à immoler ; mais loin de vouloir profiter de son triomphe, il lui tendit la main, et le relevant lui-même, il lui adressa ces paroles sublimes : Chevalier, qui que tu sois, je blâme ton action, mais j'admire ton courage. Ma victoire est assez éclatante pour en faire hommage à la belle Olora : relève ton épée ; je t'ordonne de la porter à ses pieds : dis-lui que c'est le premier gage que mon amour ose offrir à sa beauté. Telle est l'unique loi que t'impose un vainqueur. L'inconnu, que d'abord votre nom avait fait tressaillir, parut y souscrire avec empressement, et bientôt vous l'allez voir paraître.

OLORA, *avec le plus grand trouble.*

Eh quoi ! il va venir !

LÉONTINE.

Au nom du ciel, contraignez-vous !

OLORA.

Et ce malheureux chevalier n'a pas été reconnu ?

COWELLY.

Non, madame : son casque, qu'il avait eu soin de fixer sur sa tête, a constamment caché ses traits ; et comme il avait refusé de se nommer en entrant dans la lice, son secret est à lui. Vous savez tout, madame ; j'ai rempli ma mission ; maintenant je cours trouver mon maître. Il a besoin de quitter son armure pour assister aux fêtes qui vont avoir lieu dans ce jardin ; vous y serez sans doute, car ce ne seront plus des combats, mais votre fidèle amant que vous y verrez couronné des lauriers de la victoire. (*Il sort.*)

SCÈNE III.

OLORA, LÉONTINE.

OLORA.

Ah, ma chère Léontine ! quel affreux évènement ! car, je n'en puis douter, c'est lui, c'est mon malheureux père !

LÉONTINE.

Loin de vous affliger, rendez graces au destin qui le conduit dans vos bras. Vous allez le voir, et...

OLORA.

Oui, je le verrai ; mais hélas ! vaincu, proscrit, fugitif et tremblant comme un criminel, il va venir humblement demander grâce à sa fille. Dieu cruel ! voilà donc comment vous me rendez mon père !... Paix.... N'entends-je pas...?

LÉONTINE.

C'est lui ! Allons, madame, rassemblez toutes vos forces.

OLORA.

O moment plein de charmes , de douleur et d'effroi ! (*Palmérin paraît au fond du théâtre, il porte un casque dont la visière est baissée, et tient son épée à la main ; il est accompagné par un héraut d'armes qui lui indique Olora. Celle-ci fait signe au héraut de se retirer.*)

SCÈNE IV.

PALMÉRIN , OLORA , LÉONTINE.

PALMÉRIN , *s'arrêtant au fond du théâtre, et caché sous sa visière.*
C'est elle , et je ne puis lui donner ce nom si doux au cœur d'un père !

LÉONTINE , *à Olora.*
Il vous regarde , et paraît craindre d'approcher. (*Palmérin s'avance lentement.*)

OLORA , *dont le trouble est extrême.*
Ah ! qu'il est cruel de ne pouvoir voler dans les bras d'un père !

PALMERIN , *à part.*
Ciel ! donne-moi la force d'étouffer dans mon sein le cri de la nature ! (*Haut.*) Madame, un jeune et noble chevalier m'a vaincu : il vous envoie cette épée comme le gage de sa victoire , et la loi du combat m'ordonne de la déposer à vos pieds. (*Il veut se prosterner en présentant son épée.*)

OLORA , *le retenant.*
Arrêtez.... que faites-vous ? Non.... non.... je ne puis souffrir.... Vous à mes genoux... (*Avec attendrissement.*) O mon père !

PALMERIN.
Dieu! qu'entends-je ? Et quel nom prononcez-vous ?

OLORA.
Celui que la nature arrache de mon cœur : ah ! ne démentez pas sa voix , et reconnaissez votre enfant !

PALMERIN.
Où suis-je ?.... Quel moment !... Madame, une erreur vous abuse ; je ne suis pas.... Hélas ! je ne puis être.... Dieu! quel supplice nouveau !

OLORA.
Ne cherchez point à me tromper : votre émotion vous a trahi vous-même. Oui, vous êtes mon père ! Je connais vos malheurs , vos dangers , votre innocence.... Ah! mon père , ouvrez-moi votre sein, laissez-moi m'y précipiter.

PALMERIN , *relevant sa visière,*
C'en est trop, tu l'emportes! Viens dans mes bras, ma fille !

OLORA , *dans les bras de son père.*
Ah !

PALMERIN , *la pressant sur son cœur.*
Dût la foudre en éclats me frapper à tes yeux ; dussé-je en te quittant marcher à l'échafaud, je ne puis résister au doux plaisir de t'arroser une fois des larmes paternelles !

OLORA.
Ah ! mon digne père !

PALMÉRIN.

Mais, comment as tu pu me reconnaître? La duchesse t'a donc révélé le secret de ta naissance.

OLORA.

Seulement à l'heure de sa mort.

PALMÉRIN.

Elle n'est plus! Le ciel n'a pas même voulu me laisser une amie.

LÉONTINE.

Et vous vouliez encore vous cacher à nos yeux! nous priver du bonheur que nous goûtons en ce moment!

PALMÉRIN.

Eh! n'était-ce pas par un excès de tendresse? Je te savais à la cour, ma chère Olora, heureuse, considérée comme la nièce d'une femme puissante; aurai-je eu la barbarie de t'éclairer sur le sort de ton père? Non, jamais! Cependant je n'ai pu résister au désir de te voir un instant, ma fille; et c'est dans ce seul espoir que j'ai consenti à la loi humiliante de t'apporter mon épée.

OLORA.

Gardez-la, mon père, gardez-la, cette épée que les hasards d'un combat ne vous ôtèrent un moment que pour vous la rendre par les mains de votre fille.

PALMÉRIN.

Que dis-tu? je dois respecter la volonté d'un vainqueur.

OLORA.

Ce vainqueur est mon chevalier......... que dis-je! il est aussi le vôtre. Ah! qu'il regrettera sa victoire, quand il saura que c'est vous...... Oui, mon père, il connaît ma naissance, il sait vos infortunes : déjà j'ai reçu de sa bouche le serment de protéger vos jours et de faire éclater votre innocence.

PALMÉRIN.

Se peut-il!...... ô ma fille! garde-toi de me faire connaître! Ce n'est ici ni l'instant, ni le lieu de lui révéler un secret si fatal. L'excès même de son zèle pourrait m'être funeste. Il ne doit savoir qui je suis qu'en apprenant les causes de mon malheur, et ce qui peut servir à ma justification. Quand il en sera temps, c'est moi qui prendrai le soin de l'en instruire.

OLORA.

Dieu! le voici.... Cachez vos traits, mon père.

PALMÉRIN.

Pourquoi? il ne me connaît pas; je puis rester et l'entendre.

SCÈNE V.

Les Précédens, LE DAMOISEL, *en habit de chevalier.*

LE DAMOISEL.

Eh quoi, madame, en me privant de la vue de vos charmes, n'avez-vous pas craint de voir s'éteindre mon courage? Ah! sans le souvenir qui dans tous les instans en remplit ma pensée, au lieu de recevoir l'hommage d'un vainqueur, peut-être auriez-vous en ce moment à rougir de ma défaite.

OLORA.

Eh! quand vous courez à la gloire au milieu des périls, puis-je en être témoin sans expirer d'effroi?

LE DAMOISEL.

Pardonnez, chère Olora! mon amour.....

OLORA, *lui montrant Palmérin.*

Chevalier......

LE DAMOISEL, *considérant Palmérin.*

Que vois-je! vous que le sort des armes pour un instant a soumis à ma loi; étranger, dont la valeur fait tout le prix de ma victoire; avez-vous oublié ce qu'elle vous prescrit?

OLORA, *à part.*

Moment terrible!

PALMÉRIN.

Non, chevalier, j'ai rempli mon devoir.

LE DAMOISEL.

Cependant je vois encore à vos côtés cette épée que mon respect avait mise à ses pieds.

OLORA.

Elle y fut en effet, cette épée jadis si fameuse par tant d'années de gloire, et consacrée par la vertu; mais comptant sur votre générosité, ma main l'a remise à sa place.

LE DAMOISEL.

Qu'entends-je? eh quoi, madame, ce chevalier serait-il connu de vous? Daignez m'apprendre.....

OLORA.

C'est un secret qu'il ne m'est pas permis de vous revéler encore; qu'il vous suffise de savoir que cet infortuné mérite tous vos égards, et que lorsque vous avez épargné ses jours, vous m'avez sauvé la douleur de pleurer son trépas.

LE DAMOISEL.

Ma surprise est extrême!

PALMÉRIN.

Vous m'avez vaincu, vertueux jeune homme; mes jours étaient à vous, vous pouviez en disposer; vous le deviez peut-être, puisqu'ils étaient le prix de votre vaillance, et celui que semblait mériter ma coupable fureur. Ah! si vous aviez pu lire dans mon ame!......

LE DAMOISEL.

Oubliez, chevalier, oubliez un combat où la fortune seule a trahi votre courage. Et vous, sensible Olora, croyez que je goûte un plaisir bien doux d'avoir respecté des jours auxquels vous semblez prendre un si vif intérêt. Mais d'où vient donc le trouble et la tristesse que je lis dans tous les yeux?...... Pourquoi semblez-vous éviter mes regards?

OLORA.

Hélas! qu'osez-vous demander?

PALMÉRIN.

Tremblez, jeune homme, tremblez d'en apprendre davantage.

LE DAMOISEL.

Que veut-il dire?

PALMÉRIN.

Souvenez-vous, Olora, que je me suis réservé le triste droit de soulever pour lui seul le voile funèbre qui couvre mon existence. Tantôt, après les fêtes qui doivent terminer celle du tournoi, lorsque chacun se sera retiré, ne manquez pas de vous trouver en ce lieu ; je m'y rendrai, et c'est ici que je vous révélerai ces funestes secrets.

LE DAMOISEL, *à part.*

Je frémis malgré moi.

PALMÉRIN.

J'entends les pas de quelqu'un qui s'avance ; sur-tout soyez prudent. (*Il baisse sa visière.*)

SCÈNE VI.

Les Précédens, COWELLY, *accourant.*

COWELLY.

Seigneur, on vous cherche par-tout ; mais moi qui ne pouvais douter qu'auprès de madame je trouverais mon maître, je suis accouru sans hésiter. La joie, l'empressement, m'ont ôté jusqu'à la respiration.

LE DAMOISEL.

Que viens-tu donc m'apprendre ?

COWELLY.

On vous attend pour vous couronner sur le champ de victoire. Tous ceux que vous avez terrassés se réunissent pour former votre cortège triomphal. (*A Palmérin.*) Chevalier mystérieux, dont la défaite est le plus beau fait d'armes de mon maître, n'y paraitrez-vous pas ?

LE DAMOISEL.

Arrête, Cowelly ! Respect à la valeur, et sur-tout à l'infortune. Non, chevalier, cette loi n'est pas faite pour un héros tel que vous ; et celui qu'Olora révère, quel qu'il soit, doit être honoré par son chevalier. Madame, on nous attend, daignerez-vous ...... ?

OLORA.

Hélas, quel moment pour un triomphe !

PALMERIN.

Allez, Olora, allez donner un nouveau prix à la victoire, en couronnant ce jeune héros d'un laurier que sa valeur a si bien mérité.

LE DAMOISEL, *dont la surprise redouble.*

Rien n'égale ma surprise !

PALMERIN.

Souvenez-vous de ma promesse. (*Olméric paraît au fond du théâtre.*)

SCÈNE VII.

Les Précédens, OLMÉRIC.

LE DAMOISEL.

Ah, c'est vous, mon généreux protecteur ! (*La vue d'Olméric cause un mouvement de surprise générale. Olméric s'avance, et paraît toujours considérer Palmérin.)*

OLMÉRIC, *au Damoisel.*

Que fais-tu, jeune héros ? le triomphe t'attend, et déjà tout un peuple te demande à grands cris.

LE DAMOISEL.

Un triomphe ! eh ! que peut - il ajouter à mon bonheur quand Olora m'accorde un sourire, et que vous êtes satisfait.

OLMÉRIC.

Oui, je suis content de toi. (*A Palmérin.*) Mais vous, chevalier cruel et téméraire, quelle sombre fureur s'emparant de votre ame, vous a fait tenter d'ensanglanter une arène préparée pour des jeux ?

PALMERIN.

C'est l'espoir de m'affranchir par le trépas d'une infortune trop pesante.

OLMERIC.

Craignez que le ciel ne vous exauce. (*Au Damoisel.*) Le jour est enfin arrivé d'accomplir ton serment. (*A Olora.*) Allez, madame, accompagnez ses pas ; c'est de vos mains qu'il doit recevoir la couronne. Je ne tarderai point à me rendre auprès de vous. (*A Palmérin, qui fait un mouvement pour sortir.*) Demeurez, chevalier ; il faut que je vous parle.

OLORA.

Dieu ! (*A Olméric.*) Eh ! que lui voulez-vous ?

LE DAMOISEL.

Chevalier, vous n'ignorez pas qu'il veut être inconnu.

OLMERIC.

Soyez tranquille, je respecterai son secret.

OLORA, *au Damoisel.*

Je meurs d'effroi.

LE DAMOISEL.

Calmez vos alarmes, tendre amie ! (*Ils sortent tous, laissant Olméric et Palmérin, et témoignant diversement la surprise et la terreur.*)

SCÈNE VIII.
PALMÉRIN, OLMÉRIC.

OLMÉRIC, *à part.*

C'est bien lui qu'on m'a désigné.

PALMÉRIN, *à part.*

Evitons cet entretien, il pourroit me trahir. (*Il veut sortir.*)

OLMERIC.

Arrête, Palmérin !

PALMÉRIN, *à part.*

Ciel ! je suis reconnu. (*Haut.*) Qui t'a dit que ce fût là mon nom ?

OLMÉRIC.

L'ombre du grand Alfrède.

PALMERIN.

Ah ! si son ombre parlait, je n'aurais plus besoin de cacher mon visage ! (*Il lève sa visière.*) Que veux-tu de moi ?

OLMERIC.

Vengeance.

PALMERIN.

Je suis prêt à te satisfaire, sortons.

OLMERIC.

Je la veux, je l'aurai ; mais ce n'est point à mon bras qu'en appartient l'honneur.

PALMERIN.

Je t'entends. Oui, je sais, car le bruit en a pénétré jusque dans ma sombre retraite ; je sais que, non contens de l'arrêt fatal sous lequel je gémis depuis quinze années, les amis d'Alfrède élèveut secrètement un vengeur pour me poursuivre au-delà des mers. Irrité d'un projet si barbare, lassé de mon obscurité, je suis venu, brûlant à mon tour du feu de la vengeance, pour le chercher, cet ennemi qu'on m'annonce. Je ne pouvais douter qu'il serait au tournoi qu'on préparait avec tant d'éclat ; mais n'osant l'appeler hautement, dans la crainte, de me compromettre moi-même, j'avais résolu, pour l'atteindre, de combattre à mort tous vos chevaliers. Hélas ! j'ai trop présumé de la vigueur de mon bras ; le premier qui s'est offert m'a vaincu ; pour comble de malheur, je suis reconnu, et je prévois mon sort.

OLMERIC.

Il est vrai que d'un mot je pourrais faire tomber ta tête sur l'échafaud : mais Alfrède veut une victime plus dignement offerte à sa mémoire, et je dois accomplir la volonté de ce héros. Seul je t'ai reconnu : je garderai ton secret. Reste dans ce palais. Après les fêtes, quand tout sera rentré dans le calme ordinaire, tu le verras paraître ce fier et noble vengeur. C'est par son bras que tu dois expier le crime dont tu as souillé tes jours.

PALMERIN.

Cesse de me traiter en criminel ; mon cœur est pur, ma conscience est tranquille, et si le ciel protège l'innocence, je sortirai vainqueur d'un combat commandé par l'injustice et la barbarie. J'attends mon ennemi.

OLMERIC.

Après la fête, c'est moi qui te le présenterai.

PALMERIN.

Il suffit.

OLMERIC.

Je compte sur ta parole.

PALMERIN.

Je te la donne.

OLMERIC.

Compte aussi sur la mienne. Le Roi s'avance, séparons-nous. (*Une marche annonce l'entrée de la cour. Palmerin et Olméric ôtent leur gant et se donnent la main en signe de foi jurée. En sortant, Palmérin baisse sa visière. Entrée de la cour.*)

SCÈNE IX.

LE ROI, LE DAMOISEL, OLORA, LEONTINE, COWELLY,
Dames, Seigneurs, Chevaliers, Pages, Gardes, Hérauts, etc.
(*Le Damoisel porte sur ses cheveux une couronne de laurier, et
marche entre le Roi et Olora.*

LE ROI.

Le chevalier inconnu qui s'est présenté au tournoi, s'est-il enfin
nommé?

LE DAMOISEL.

Non, sire, il a désiré ne se point faire connaître.

LE ROI.

Son orgueil humilié doit inspirer l'indulgence, je veux qu'on
respecte son secret. (*Tout le monde prend place pour le ballet.
Quand il est terminé, le Roi descend de son trône, toute sa cour
l'environne, et il dit au Damoisel:*) Jeune chevalier, le destin
semble jeter sur vous un regard protecteur : continuez à joindre
la clémence à la bravoure, faites redouter le guerrier, bénir le
vainqueur, et tous les jours de votre vie seront comme aujourd'hui
des jours de triomphe et de gloire. Vous, mes fidèles sujets, allez
prolonger, par de nouveaux plaisirs, le souvenir de ce tournoi
mémorable. (*Pendant la sortie du Roi et de toute sa cour, un
écuyer remet un billet au Damoisel, qui le lit avec la plus vive
agitation. Cowelly s'approche de son maître, et Olora le fixe
avec inquiétude.*)

SCÈNE X.

LE DAMOISEL, OLORA, COWELLY.

OLORA, *à part.*

Que peut contenir cet écrit?

LE DAMOISEL, *éloignant Cowelly d'Olora, et lui parlant à voix
basse.*

Cowelly...

COWELLY.

Seigneur?

LE DAMOISEL.

Vas préparer mon armure de bataille; choisis le plus ardent de
mes destriers : que dans une heure tout soit prêt. (*Olora s'approche avec inquiétude du Damoisel, elle a entendu ce qu'il
vient de dire.*)

OLORA.

Ciel!

COWELLY, *avec surprise et terreur.*

Que m'ordonnez-vous, mon cher maître!

LE DAMOISEL.

Je ne veux ni la lance ni le bouclier : c'est un combat à mort;
la hache et le cimetère. Vas.

COWELLY.

J'obéis. (*Il sort.*)

SCENE XI.
LE DAMOISEL, OLORA.

OLORA.

Grand Dieu! que méditez-vous encore? Cruel! vous me cachez un horrible projet!

LE DAMOISEL.

Chère et tendre Olora, calmez ces alarmes, partagez plutôt mon bonheur et ma joie; oui, ma joie, puisque mon sort va s'éclaircir et que votre main sera cette fois le prix de ma victoire. Lisez, lisez ce billet qu'un inconnu vient de me remettre. (*Il lui donne le billet.*)

OLORA, *lisant.*

« Damoisel inconnu, revêts tes armes : dans une heure tu vengeras ton père, tu apprendras ton nom, et Olora deviendra ton épouse. »

LE DAMOISEL.

Eh bien! quelle autre faveur pouvais-je demander au ciel?

OLORA.

Encore un combat.... toujours du sang.... Hélas! sous quels affreux auspices notre hymen se prépare-t-il?... Ah! je n'entends parler que de forfaits, de vengeance, de victimes.... Au nom de notre amour, n'allez pas à cet horrible combat.

LE DAMOISEL.

Que demandez-vous, Olora? La crainte égare votre esprit. Moi! que je refuse de venger mon père! Ah! cherchez plutôt à l'irriter encore, ce courroux que malgré mes efforts je sens expirer sous le poids inconnu d'un sentiment pénible et douloureux. Oui, je ne sais quel pressentiment semble glacer mon courage : il n'est pas jusqu'au secret fatal que ce guerrier sinistre doit nous révéler ici, qui ne me poursuive malgré moi comme un fantôme effrayant.

OLORA.

Dieu! le voici! (*Palmérin paraît, jette un regard autour de lui, lève sa visière, et s'approche.*)

SCENE XII.
PALMERIN, LE DAMOISEL, OLORA.

PALMERIN.

Chevalier, Olora, je vous ai promis une révélation importante et terrible, je viens avec regret vous tenir ma parole. Jeune homme, je vais porter à votre ame un coup bien affreux, mais l'honneur me l'ordonne, et j'obéis avec douleur. Vous aimez, chevalier, vous aimez, je le vois trop, avec toute l'ardeur d'un premier amour inspiré par la beauté, l'innocence et la vertu. Hélas! que cet hymen eût été cher à tous les trois!

LE DAMOISEL, *avec véhemence.*

Eh bien, qui pourrait, qui oserait s'y opposer? Prenez garde, chevalier, vous touchez au principe de mon existence. Grand Dieu! qu'allez-vous ajouter?

PALMÉRIN.

Que le ciel semblait vous avo'r faits l'un pour l'autre, mais qu'un destin cruel vous sépare à jamais.

LE DAMOISEL.

Nous sépare !... Pourquoi ?.... Mais non, n'achevez pas, tremblez de me l'apprendre !

PALMÉRIN.

Prononcez donc vous-même. (*Montrant sa fille.*) Je suis son père, et son père est Palmérin.

LE DAMOISEL.

Vous, Palmérin ! Ah, de quel poids affreux mon cœur est soulagé ! Père de mon amante, illustre et respectable Palmérin, recevez le respect et l'hommage du chevalier d'Olora.

PALMÉRIN.

Eh quoi ! ce nom ne vous fait pas reculer d'horreur ? Vous ne savez donc pas qu'ils m'ont condamné comme un lâche assassin ?

LE DAMOISEL.

Je sais tout. Oui, seigneur, votre charmante fille avait déposé dans mon sein ce terrible secret. J'ai promis, j'ai juré d'embrasser votre cause ; et dussé-je y consacrer le reste de ma vie, je forcerai l'univers à reconnaître votre innocence !

PALMÉRIN.

Mon innocence ! Ah ! j'ai donc une fois entendu ce mot sortir de la bouche d'un mortel !

LE DAMOISEL.

Mais quel est donc l'obstacle inconcevable qui s'oppose à votre justification ?

PALMÉRIN.

Apprenez mes malheurs, et jugez s'il me reste encore quelque espoir. Alfrède, le plus fier et le plus ambitieux des chevaliers, était épris des charmes de l'aimable Roselinde, l'illustre héritière de la maison de Cornouailles ; mais Roselinde préférait en secret l'hommage moins brillant que j'osai mettre à ses pieds. Alfrède en conçut contre moi une haine implacable. Son ressentiment ne tarda point à éclater, et le roi lui-même, qui en craignait les suites, ordonna à Roselinde de former un choix qui terminât nos querelles. Je fus heureux, et Alfrède contraint de s'éloigner.

LE DAMOISEL.
Je conçois sa douleur, mais sa haine était injuste.

PALMÉRIN.
La honte de ce refus, bien plus que son amour, lui fit pour quelque temps abandonner l'Angleterre. Cinq ans après, il y revint. Le ciel m'avait rendu père, et son dépit sembla s'augmenter à la vue de mon bonheur. Il me provoqua de nouveau ; la guerre entre nous devint affreuse. A la tête de nos vassaux armés, nous nous livrâmes des combats terribles. Deux fois il m'enleva mon épouse, deux fois je l'arrachai de ses mains. Cruels souvenirs ! Roselinde expira victime de tant d'horreurs.

3

OLORA.

Hélas !

LE DAMOISEL.

Quelle barbarie !

PALMÉRIN.

Alors peut-être ma fureur devint égale à la sienne. Un jour,
jour mémorable ! nous nous rencontrâmes sur les bords du Sé-
journt. Là, nous jurâmes de livrer notre dernier combat. L'iso-
lement de la vallée, la nuit qui s'approchait, tout nous assurait
une entière liberté. Nous n'avions pour témoin que le ciel. Nous
convînmes que le vaincu, mort ou vivant, resterait à la dispo-
sition du vainqueur. Des sermens scellèrent ce noir traité, et nous
nous attaquâmes en rugissant comme les tigres des forêts. Trois
fois meurtris, couverts de sang, haletans de fatigue, nous sus-
pendîmes notre rage et nos coups. Enfin, le grand Alfrède, la
fleur des sept royaumes, l'orgueil de la table ronde, tomba à mes
pieds roulant dans la poussière.

LE DAMOISEL.

Il périt ?

PALMÉRIN.

Non. Atteint d'une blessure peu profonde, mais épuisé de fa-
tigues, il attendait la mort. J'arrachai sa cuirasse, et portant sur
son cœur la pointe de mon épée : Renonce à la vie, lui dis-je,
ou jure par le ciel, que ta fureur outrage, que tu ne m'appelleras
jamais à de nouveaux combats. Il en fit le serment. Aussitôt je
volai chercher du secours ; je le fis transporter dans mon propre
château, et je lui prodiguai tous les soins nécessaires... Funeste
générosité ! Le bruit de ma victoire ne tarda point à se répandre.
Les amis d'Alfrède accoururent pour le consoler. Le traître Itobalte, trop connu par ses déloyautés, qui, jaloux de ma gloire,
cent fois vaincu par moi, m'abhorrait en secret, Itobalte était à
leur tête. Je les conduisis dans l'appartement où reposait Alfrède.
Nous entrons. Le silence régnait. Persuadé qu'Alfrède goûte un
repos salutaire, j'entrouvre ses rideaux... Dieu ! qui peindra mon
effroi ! Je vois Alfrède un poignard dans le sein, et glacé par la
mort. Immobile de surprise et d'horreur, je voyais un abîme qui
s'ouvrait sous mes pas, et j'y fus englouti !

LE DAMOISEL.

Juste ciel !

OLORA.

Ils vous ont accusé !

PALMÉRIN.

A la voix d'Itobalte, on accourt de toutes parts, on entoure le
cadavre : l'assassinat paraît évident, on m'accuse. Alfrède est mon
ennemi, personne ne l'ignore ; le meurtre est commis dans mon
château, où je suis seul avec des gens qui m'appartiennent ; le fer
qu'on retire de sa plaie est marqué de mon chiffre : qu'opposer à
tant de preuves ? Fort de mon innocence, j'avais pourtant résolu
de comparaître, d'exposer la vérité, et d'attendre tout de la justice
divine ; mais de perfides conseils m'engagèrent à m'éloigner : on

promit de me défendre , on ne fit que m'accuser. Ma fuite même
déposait contre moi : Itobalte en profita avec ardeur; je fus jugé
coupable , et vous savez le reste.

LE DAMOISEL.

Et le ciel a souffert cette injusti e des hommes !

PALMERIN.

Je ne les accuse pas , l'erreur est pardonnable.

LE DAMOISEL.

Mais n'eûtes-vous jamais aucun indice , aucun soupçon sur l'au_
teur de ce crime?

PALMERIN.

Je présume qu'Alfréde , humilié de sa défaite , aura lui-même
abrégé sa carrière. Tout ce que je puis confusément me rappeler,
tant mes idées s'étaient troublées d'abord , c'est qu'Itobalte saisit et
cacha dans son sein un papier qu'Alfréde avait sur la poitrine.

OLORA.

Un papier......

LE DAMOISEL.

Et vous ne l'avez pas contraint à le montrer ?

PALMERIN.

Je l'ai voulu ; mais il a nié.

LE DAMOISEL.

Le perfide ! (Olméric s'avance.)

SCÈNE XIII.

Les Précédens , OLMÉRIC.

OLMERIC.

Je vous cherchais tous deux. Je ne m'attendais pas à vous trou_
ver ensemble ; mais je rends grâce au hasard qui hâte , en vous
réunissant , le succès de mes vœux.

OLORA , à part.

Dieu ! qu'annonce ce discours ?

LE DAMOISEL, à part.

Pourquoi tout mon sang frémit-il ?

PALMERIN.

Chevalier, viens-tu tenir ta promesse ?

OLMERIC.

Oui. Le jour de la justice est enfin arrivé ; il est temps de me
faire connaître et de répandre la lumière dans la nuit qui nous en_
vironne. Tous deux regardez-moi : vous voyez Olméric.

PALMERIN.

Grand Dieu ! le frère d'Alfréde !

OLORA.

Tout est perdu !

LE DAMOISEL , à part.

Quel horrible soupçon s'élève dans mon ame !

OLMERIC.

Jeune homme, depuis quinze ans mes yeux n'ont point cessé

d'être fixés sur-toi. Guide invisible, je t'ai conduit à la gloire par le chemin de la vertu. Mon élève est digne de mes soins, et j'en attends le prix. Souviens-toi des montagnes d'Ecosse ; souviens-toi d'Iwar et de sa promesse ; il est temps qu'elle s'accomplisse. Alfrède fut ton père. Voilà son assassin. Montre-moi son vengeur.

LE DAMOISEL, *reculant avec horreur.*

Juste Dieu !

OLORA, *égarés.*

Où suis-je ?..... Qu'ai-je fait ?.....

PALMERIN, *avec une douleur profonde.*

O destin !

OLMERIC.

Pourquoi donc à ce nom vous vois-je tous pâlir ? (*Au Damoisel.*) Pourquoi une noble colère n'éclate-t-elle pas dans tes yeux ? Le voilà !... et tu restes immobile ! Est-ce la peur ou l'indignation qui t'enchaine ?

LE DAMOISEL.

Qu'ai-je entendu ?..... Que vois-je autour de moi ?..... Jour d'horreur et de désespoir !..... Moi, fils d'Alfrède ! Ah ! j'entends la foudre sur ma tête, la terre s'entrouvre sous mes pas...... Non, non, je ne suis point son fils ; je ne puis, je ne veux pas l'être.

OLMERIC.

Insensé, quel discours !

LE DAMOISEL.

Ah ! dites-moi que vous m'avez trompé ; que c'est pour m'éprouver...... Dites-moi que je ne suis pas le fils d'Alfrède.

OLMERIC.

Malheureux !

LE DAMOISEL.

Eh bien, Alfrède est mon père ; oui, je vous crois. Mais pour être son fils, suis-je donc un barbare, un tigre impitoyable ? Voilà l'ennemi d'Alfrède, mais non son assassin. Palmérin est innocent. Que dis-je ? il fut loyal et généreux ; sa fille a reçu ma foi, et c'est à moi de protéger leurs jours.

OLMERIC.

Je reste anéanti !...... Olora, fille de Palmérin, et pour comble d'horreur, amante du fils d'Alfrède !...... Ombre de mon malheureux frère, quelle doit être ta douleur !

PALMERIN.

Olméric, j'ai pitié de l'erreur qui t'égare et te rend si cruel. Quoi, tu veux que ce jeune homme, convaincu de mon innocence, porte sur le père de son amante une main parricide ? N'est-il donc que son bras pour attaquer mes jours ? N'as-tu pas une épée ? N'es-tu pas chevalier ? J'ai fui devant la honte de l'échafaud ; mais je suis prêt à combattre tout ce que l'Angleterre offre de plus vaillant.

OLMERIC.

Penses-tu qu'Olméric eût attendu d'un autre le soin de venger son frère, si sa main n'eût été liée par un serment ? J'ai promis à Alfrède de respecter ta tête pour la livrer à son fils ; c'est par son bras qu'il veut être vengé. (*Au Damoisel.*) Fils ingrat, dont l'amour criminel trahit un père et parjure sa foi, je n'ai plus qu'un mot à te dire : dans deux heures qu'Alfrède soit vengé, ou la tête de Palmérin roulera sur l'échafaud. Adieu.

SCÉNE XIV.
PALMÉRIN, LE DAMOISEL, OLORA.

OLORA.

Quelle horrible menace ! Ah ! mon père, qu'allons-nous devenir ?

PALMÉRIN.

Lui, le fils d'Alfrède ! ô ma fille, que je te plains !

OLORA, *au Damoisel.*

Chevalier, d'où vient la sombre fureur qui se peint dans vos regards ?.... Dieu ! seriez-vous assez cruel....? Non, non, vous aurez pitié de mon désespoir.

LE DAMOISEL.

Olora.... laissez-moi.... je suis le fils d'Alfrède !

OLORA.

Barbare, je vous entends....

LE DAMOISEL.

Chevalier, dans cet affreux moment l'amour se tait. Je ne me souviens plus si vous êtes le père d'Olora, si votre fille est mon amante ; je ne vois plus devant moi que le meurtrier de mon père, ou la victime d'une erreur. Parlez : toutes les apparences vous condamnent, mais l'accent de la vérité est dans votre bouche. Coupable, je vengerai mon père : innocent, je vous défendrai jusqu'à la mort. Sur l'honneur que tout chevalier révère ; par ce ciel qu'on ne trompa jamais, oserez-vous jurer que vos mains sont innocentes ?

OLORA.

Il le demande encore !

PALMÉRIN.

Je vous ai dit la vérité ; si vous ne m'avez pas cru, vous douterez de mon serment.

LE DAMOISEL.

C'en est assez. Olora, chevalier, je vous rendrai le repos et l'honneur, ou bien nous périrons ensemble.

PALMÉRIN.

Ce dévouement est digne de vous, mais il est inutile. Le ciel nous abandonne, ne luttons point contre la destinée. Viens, ma fille, suis ton malheureux père ; s'il en est temps encore, quittons ces funestes lieux, et allons, sous le ciel protecteur des Gaules, chercher un asile, non contre le malheur, mais contre l'ignominie et l'échafaud.

LE DAMOISEL.

Oui, partez, seigneur, dérobez-vous aux périls qui vous entourent ; mettez à l'abri des jours si précieux. Mais vous, Olora, vous aussi vous voulez me quitter ? Ah ! quand je vole défendre votre père, quand pour lui j'abjure tous mes sermens, que je brave jusqu'aux liens du sang, et m'expose à partager l'horreur du crime qu'on lui impute, restez du moins, restez pour soutenir mon courage.

OLORA.

Qui, moi, j'abandonnerais mon père! Non, non, le ciel l'a rendu à mes prières, jamais les hommes ne nous sépareront. Chevalier, mon cœur était à la nature avant d'être à l'amour; vous y régnerez jusqu'au tombeau... mais je suivrai mon père.

PALMÉRIN.

O la plus vertueuse des filles!

LE DAMOISEL.

Hélas! je le sens trop, mon amour doit se taire; il me faut adorer jusqu'à l'arrêt qui me donne la mort! Partez tous les deux, fuyez; mais du moins apprenez-moi quel sera votre asile.

PALMÉRIN.

Vous en serez instruit si le ciel permet que je l'atteigne. Vous, cependant, généreux ami, ne luttez qu'avec prudence contre le préjugé qui m'accable.

LE DAMOISEL.

Ah, je l'anéantirai, j'en fais ici le serment. Mon existence est attachée à la vôtre, et je cours vous sauver ou périr.

OLORA.

Venez, mon père, je ne vous quitte plus. (*Ils sortent tous les trois.*)

ACTE III.

Le théâtre représente un salon gothique. Au milieu du théâtre, un peu sur la droite, une grande table. Un fauteuil élevé sur une estrade est destiné au Roi. De droite et de gauche sont des sièges pour les membres du conseil.

SCÈNE PREMIÈRE.
OLORA , LÉONTINE.

OLORA.

Eh bien , Léontine, qu'as-tu appris ? Notre fuite est-elle donc impossible ?

LÉONTINE.

Hélas ! madame, cet inflexible chevalier, instruit, je ne sais par quel agent secret, du projet de votre fuite, a placé , à toutes les issues du palais, des gardes qui lui sont dévoués, et qui veillent sur toutes les démarches du seigneur votre père.

OLORA.

Homme cruel !

LÉONTINE.

Ce n'est pas tout ; dans l'instant où je vous parle, il est allé trouver le Roi, et l'entretient secrètement.

OLORA.

C'en est fait, il est perdu !

LÉONTINE.

Cependant il nous reste encor un appui. J'accourais vous apprendre ces tristes nouvelles quand j'ai rencontré votre jeune chevalier dans la grande galerie. Cours, m'a-t-il dit, vers ta maîtresse ; ne la quitte point ; rassure-la ; dis-lui que si la haine et la calomnie s'unissent pour perdre l'innocence, l'amour veille et suffit contre tout.

OLORA.

Il se perdra sans pouvoir le sauver !

LÉONTINE.

On vient... C'est lui...! Son empressement semble nous présager quelque heureuse nouvelle.

SCÈNE II.
LE DAMOISEL , OLORA , LÉONTINE.

LE DAMOISEL.

Ah , madame, je vous rencontre enfin ! Mais pourquoi votre père n'est-il point avec vous ?

OLORA.

La certitude qu'il ne peut échapper à son malheur semble avoir abattu son courage ; il attend dans son appartement l'arrêt de son supplice.

LE DAMOISEL.

Hélas ! je ne puis vous le cacher, il n'est peut-être plus que cet instant pour le sauver. Soit qu'Olméric en ait lui-même répandu la nouvelle, soit que l'apparition de votre père au tournoi, et l'agitation qui règne à la cour, aient éveillé des soupçons, déjà le bruit circule que Palmérin a reparu, et le peuple, avide d'événemens funestes, se porte en foule vers le palais.

OLORA.

Juste ciel! Et mon père ne peut en sortir!

LE DAMOISEL.

Je dispose encore d'une des avenues principales; je puis le soustraire...

OLORA.

Que dites-vous?

LE DAMOISEL.

Mais il faut nous hâter... Guidez mes pas vers lui.

OLORA.

Venez, seigneur... Mais le voici lui-même!

SCENE III.

Les Précédens, PALMERIN, *sans casque.*

OLORA.

Ah! mon père, accourez. Suivez ce digne chevalier, c'est votre libérateur. Mettez vos jours à l'abri du trépas.

PALMERIN.

Il n'est plus temps, je suis prisonnier. Olméric fait observer mes pas, et je suis consigné aux portes du palais.

LE DAMOISEL.

Et c'est cet ordre même qui va vous ouvrir un chemin à la fuite. Vous connaissez Cowelly?

PALMERIN.

Eh bien?

LE DAMOISEL.

Olméric lui a confié, comme à celui dont il est le plus sûr, la garde de la porte des jardins....

OLORA.

Achevez.

LE DAMOISEL.

Cet écuyer, qui joint le courage à la fidélité, rassemble en ce moment mes amis et les siens. A sa voix les portes s'ouvriront. Conduit par lui, au milieu d'une troupe de braves, vous sortirez de cette enceinte. Ils guideront vos pas, vous accompagneront jusqu'au port le plus voisin, et ne vous quitteront qu'après s'être assuré que des jours si précieux sont hors de toute atteinte.

OLORA.

Vous l'entendez, mon père!

LE DAMOISEL.

Moi, et quelques chevaliers qui me sont dévoués, nous resterons dans le palais; et si votre fuite, trop tôt découverte, vous exposait à la poursuite de vos ennemis avant que les flots vous

eussent mis à l'abri de leur rage , malheur à qui tenterait de sortir
de ces lieux.

PALMERIN.

Est-ce là le seul moyen de conserver mes jours ?

LE DAMOISEL.

A moins que le ciel, par un miracle, ne démontre votre innocence.

PALMERIN.

En ce cas , je périrai.

LE DAMOISEL.

Quoi ! vous refusez... ?

PALMERIN.

Pensez – vous donc que la vie me soit plus chère que l'honneur ?
Quoi, pour conserver mes jours, j'exposerais les vôtres ! Pour
prolonger de quelques années une existence déplorable , je porte-
rais le trouble et la révolte dans ce palais où respire la paix ! J'ar-
merais des sujets contre un roi respectable, et pour soustraire ma
tête à la peine d'un crime imaginaire , je la chargerais d'un forfait
trop réel ! Non , non , mon jeune ami ; votre cœur vous égare , la
raison doit vous ramener.

LE DAMOISEL.

Et c'est lui qu'ils ont condamné !

OLORA.

Vous voulez donc mourir?

PALMERIN.

Qui peut encore m'attacher à la vie ? Jette les yeux sur ma
sombre existence, et juge si la mort ne lui est pas préférable !
J'adore ma patrie, et j'en suis exilé; la gloire faisait mes délices ,
et l'opprobre m'accable ! Je t'aime, toi l'image d'une épouse adorée,
toi l'unique fruit de l'amour le plus tendre, et je n'ose t'appeler
ma fille , je dois te fuir, t'abandonner, mon nom seul fait ta
honte !.... Ah ! ne souhaite pas de prolonger mes jours , ton vœu
serait barbare.

LE DAMOISEL.

Eh ! le seriez-vous moins en laissant dans l'opprobre cette in-
nocente victime du plus injuste arrêt ? Tant qu'un faible espoir luit
encore de lui rendre l'honneur, pouvez-vous , sans crime, re-
noncer à des jours que vous devez à votre fille? Ah ! vivez pour
vous justifier, pour la rendre à la société , où votre mort la frappe-
rait d'une atteinte irréparable.

PALMERIN.

Il est frappé, ce coup fatal.

OLORA.

Ah ! ne refusez pas à votre fille la première grâce qu'elle implore.
mon père , vivez pour moi, ou je vais mourir à vos pieds ! (*Elle
tombe à ses genoux.*)

PALMERIN, *la soutenant dans ses bras.*

Que le cœur d'un père est facile à vaincre !... Ma fille , tu le
veux....

LE DAMOISEL.

Voici Cowelly ! (*Cowelly entre, suivi d'une troupe de Guerriers.*)

SCÈNE IV.

Les Précédens, COWELLY, Guerriers.

COWELLY.

Seigneur, tout est préparé pour la fuite que nous méditons. J'ai trouvé dans tous nos amis, courage, ardeur et dévouement. C'est le vainqueur du tournoi, leur ai-je dit, qui réclame votre zèle ; c'est l'amour et la justice qu'il faut servir. A ces mots ils ont volé sur mes pas , et je les conduirais , je crois, jusqu'aux enfers.

OLORA.

Ah ! partons , partons, mon père !

PALMÉRIN.

Je cède à vos instances , à tes larmes. Puisse tant de générosité , d'amour et de courage, être pour vous l'augure d'un meilleur avenir ! Adieu, chevalier.

LE DAMOISEL.

Fuyez , seigneur Adieu, chère Olora ! (*Tout-à-coup Olméric paraît à la tête d'une troupe de soldats.*)

SCÈNE V.

Les Précédens, OLMERIC , Soldats.

OLMÉRIC , *paraissant.*

Arrêtez !

OLORA.

Dieu !

LE DAMOISEL.

Que vois-je ?

COWELLY.

Olméric !..... nous sommes perdus ! (*Palmérin reste calme, et observe en silence*) OLMÉRIC.

Gardes , saisissez le coupable.

LE DAMOISEL , *aux Guerriers.*

Chevaliers, défendez l'innocent.

OLMÉRIC.

Téméraire ! oses-tu bien t'opposer aux ordres de ton roi ?

LE DAMOISEL.

Cruel ! est-ce à vous d'en être l'exécuteur ?

OLMÉRIC.

Soldats , obéissez.

LE DAMOISEL.

Amis , secondez-moi. (*On tire l'épée, et l'on est prêt à en venir aux mains.*)

PALMERIN , *avec véhémence.*

Arrêtez !... Arrêtez ! (*Au Damoisel.*) Imprudent, qu'allez-vous faire ? Résister aux ordres souverains, c'est un crime capital ! Quelle serait votre excuse ? Mon innocence ? Quelle preuve en avez-vous ? Je suis le père de votre amante. Mais cet homme sur qui vous voulez porter la main, n'est-il pas le frère de celui qui vous a donné le jour ? Ne vous a-t-il pas tenu lieu de père ? N'a-t-il pas formé votre enfance et guidé votre jeunesse ? Chevalier, vous devez le respecter, même dans son injustice. Olméric, vous pouviez vous conduire avec plus de noblesse ; un chevalier loyal qui réclame une vengeance, veut l'obtenir de son épée et non du glaive des lois. L'ordre du souverain n'en est pas moins sacré : c'est à lui que j'obéis ; voilà mon épée. (*Un soldat la reçoit.*) Ma fille, du courage, l'heure fatale est arrivée. (*A part.*) Mon Dieu! je te la confie, elle n'a plus que toi ! (*Aux soldats.*) Soldats, je suis prêt à vous suivre.

OLORA , *au désespoir.*

Mon père!

LE DAMOISEL.

O fureur !

PALMERIN.

Demeurez.... je vous l'ordonne ! *Il sort avec quelques soldats.*)

SCENE VI.

Les Précédens, excepté Palmérin et les Soldats.

OLORA, *prête à sortir, et s'arrêtant devant Olméric.*

Homme cruel, te voilà satisfait! ta victime ne peut plus t'échapper ! Jouis, barbare, jouis de ton triomphe. Mais tôt ou tard le ciel est juste. Mon père est innocent, tremble ! le sang que tu vas faire couler retombera sur toi! Léontine, allons, suivons mon père.

SCENE VII.

OLMERIC, LE DAMOISEL, COWELLY, Guerriers et Soldats.

LE DAMOISEL, *aux guerriers.*

Amis, retirez-vous : votre courage est inutile. C'est à la justice des hommes, c'est au ciel protecteur de l'innocence, que je vais en appeler.

COWELLY.

Guerriers, obéissons à l'ordre du Roi, mais cependant ne nous séparons point encore.

OLMERIC, *aux Guerriers.*

Gardez-vous de former quelque projet coupable, ou craignez le châtiment qu'il attirerait sur vos têtes. Malheur aux rebelles ; (*Fixant Cowelly*) malheur sur-tout aux traîtres.

COWELLY.

Il n'en est point ici, seigneur : j'ai secondé vos projets quand je les ai crus justes. L'erreur vous égare, et la vérité me guide. Vous poursuivez un crime imaginaire, et mon maître se dévoue pour sauver l'innocence. Entre vous deux, j'ai dû choisir, et désormais je suivrai l'exemple et le sort du fils d'Alfrède. (*Aux Guerriers.*) sortons.

SCÉNE VIII.

OLMÉRIC, LE DAMOISEL, Soldats.

OLMÉRIC.

Aurai-je pitié de ta folie, ou bien horreur de ton crime? Dois-je
pleurer sur ta honte, ou maudire un parjure? Parle, si tu l'oses;
regarde sans rougir le frère du grand Alfrède.

LE DAMOISEL.

Rendez grâce au souvenir que ce nom rappelle à ma mémoire;
sans lui je ne répondrais pas d'écouter plus long-temps un discours.
qui m'outrage.

OLMÉRIC.

Qui t'arrête, insensé? Viens, frappe le sein de ton ami! Malheureux jeune homme, ouvre donc les yeux : suis-je un monstre,
un perfide? Si Palmérin n'avait assassiné ton père, poursuivrais-je
sa tête? Te demanderais-je son sang au nom d'Alfrède lui-même,
qui te parle par ma voix?

LE DAMOISEL.

Oui, je sais qu'une haine funeste allumant le courroux de ces
deux chevaliers, offrit à l'Angleterre l'affreux spectacle de leur lutte
sanglante. Je sais que mon père succomba; mais la victoire de Palmérin fut-elle donc un crime qui mérite la mort? Dois-je venger
mon père, si sa cause ne fut point légitime?

OLMÉRIC.

Est-ce à toi de la juger?

LE DAMOISEL.

Je ne puis frapper, du moins, quand je ne vois point de coupable.
Et vous, qui connaissez mon amour; vous, qui savez qu'Olora
possède ma foi, qu'elle m'a confié les jours de son malheureux
père, vous m'ordonnez de l'égorger sous les yeux de sa fille!
Cruel, vous voudriez conduire ma main dans son flanc, quand
ce serait à vous à l'arrêter! Ah! trop funeste ami, guide à jamais
fatal, c'était donc pour cet épouvantable exploit que vous formiez
mon bras à la victoire!

OLMÉRIC.

Etrange aveuglement de la passion qui l'égare!

LE DAMOISEL.

Dites plutôt de la haine qui vous anime : mais n'en croyez ni
mes larmes ni mes sermens. Venez, venez vous-même interroger
Palmérin, entendre la vérité sortir de sa bouche respectable, et re-
connaitre son innocence.

OLMÉRIC.

Retire-toi, malheureux! tu me fais horreur!

LE DAMOISEL.

Eh bien! persistez donc, barbare, dans votre aveugle crédulité;
mais ne croyez pas obtenir sans combats la tête de votre victime. Dès ce
moment je la protège; et si tous les cœurs sont fermés à la voix de

la justice, seul, oui, seul, je la défendrai contre vous, contre tout l'univers.

OLMÉRIC.

Va, fils indigne d'Alfrède, opprobre de mon sang, je t'abandonne et te livre à ta honte ! Viens, si tu l'oses, viens montrer au monde étonné le spectacle nouveau d'un fils arrachant de l'échafaud le meurtrier de son père.

LE DAMOISEL.

J'y cours.

OLMÉRIC.

Non. Pour l'honneur de mon sang, je veux encore t'épargner cette horreur. Gardes, je vous défends de le laisser sortir ; vous m'en répondez sur vos têtes. (*Il sort. Les soldats se placent aux diverses sorties.*)

SCÈNE IX.

LE DAMOISEL, *seul.*

Il court hâter son supplice, et moi je suis enchaîné !...... Grand Dieu ! que faire ? que résoudre ?.... Mais hélas ! j'aperçois Olora.... le désespoir est peint dans tous ses traits.

SCÈNE X.

LE DAMOISEL, OLORA.

LE DAMOISEL.

Eh bien, madame, qu'est devenu votre père ?

OLORA.

C'en est fait, il est perdu.

LE DAMOISEL.

Juste ciel !

OLORA.

Il vient d'être enfermé dans la tour du palais. Déjà des ordres sont donnés ; on dresse l'échafaud ; chaque instant qui s'écoule le conduit au supplice. Ah ! si je vous fus chère, ayez pitié de ma douleur : c'est pour son père... pour son père qu'on traîne à la mort, qu'une fille, qu'une amante, embrasse vos genoux.

LE DAMOISEL.

Olora !.... Grand Dieu !.... est-ce donc moi qu'il faut prier ainsi ?

OLORA, *avec égarement.*

Qu'ai-je fait ?... la douleur m'égare... l'horreur qui m'environne a troublé ma raison.... Je vous implore, vous !.... Ah ! ce n'est pas le fils d'Alfrède qui peut défendre Palmérin.

LE DAMOISEL.

Cruelle ! ce doute achève d'exaspérer mon cœur. Hélas ! regardez ces soldats ; l'implacable Olméric retient ici ma fureur, et cependant Palmérin va périr. Je verrai le père de mon amante sous la main des bourreaux, Olora expirer de douleur, et je n'aurai versé que des larmes inutiles !... Non. (*Il tire son épée.*) Dussé-je périr en me frayant un passage, je cours aux pieds du Roi demander justice et vengeance.

OLORA.

Arrêtez ! que faites-vous ? Voici Cowelly.

LE DAMOISEL.

Que vient-il m'annoncer ?

SCÈNE XI.

LE DAMOISEL, OLORA, COWELLY, *accourant*.

COWELLY, *à peine entré*.

Grande nouvelle !.... Madame, calmez vos alarmes, goûtez un instant de repos, un rayon d'espoir vient de luire pour le seigneur votre père.

OLORA.

Se peut-il ? qu'avez-vous appris ?

COWELLY.

En ce moment, du moins, ses jours sont en sûreté : l'arrêt qui le condamne ne peut être exécuté.

OLORA.

O bonheur !

LE DAMOISEL.

Comment ?

COWELLY.

Instruit de tout ce qui s'est passé, frappé de la persévérance de Palmérin, et sur-tout de la noblesse de sa conduite, le Roi veut revoir l'accusé, l'entendre et l'interroger lui-même. En conséquence il vient d'annuller le jugement qui condamna votre père dans son absence, d'ordonner la révision du procès, et déjà les ordres sont donnés pour convoquer et assembler à l'instant le conseil des Preux.

OLORA.

Ah ! l'espoir renaît dans mon ame.

LE DAMOISEL.

Oui, madame, le ciel se déclare en notre faveur, et votre père se justifiera.

COWELLY.

Voilà le Roi.

SCÈNE XII.

Les Précédens, LE ROI, Gardes, Pages.

LE ROI.

C'est vous, jeune chevalier ! Vous connaissez maintenant l'illustre nom que vous devez à la nature. N'oubliez point l'obligation que l'honneur vous impose : c'est à ce prix que vous l'avez obtenu.

LE DAMOISEL.

Sire, c'est pour m'en rendre digne, et préserver la mémoire de mon père et la mienne d'une tache ineffaçable, que je défends aujourd'hui l'innocence contre l'erreur et la calomnie.

LE ROI.

Je ne puis encore approuver ni blâmer le sentiment qui vous anime : craignez cependant qu'un zèle indiscret ne vous entraîne au-d.là des bornes de la prudence. Le conseil va s'ouvrir, qu'on introduise les Chevaliers. (*L'ordre est transmis ; entrée des Preux composant le conseil.*

SCÈNE XIII.

Les Précédens, OLMÉRIC, les Preux composant le Conseil.
Ils portent le grand manteau rouge.)

OLORA.

Que vois-je ? Olméric ! Sire, cet homme cruel sera-t-il au nombre de nos juges ?

LE ROI.

Non, madame, mais il accuse Palmérin, il représente Alfrède, et doit être entendu.

OLMÉRIC.

Sire, ce n'était pas à vous que je devais demander vengeance, et c'est la rougeur sur le front, que je viens au pied de votre tribunal rappeler le crime qui m'a privé d'un frère. Mais dois-je croire en effet que votre extrême bonté suspende en faveur d'un coupable l'exécution d'un jugement solennel ?

LE ROI.

Vous vous trompez, Olméric ; c'est en faveur d'un homme qu'on a jugé dans son absence. Comme sujet, je lui dois protection dès qu'il rentre dans mes états ; comme accusé, il appartient aux lois s'il est coupable. Les rois doivent à Dieu, comme aux hommes, un compte rigoureux du sang de leurs sujets. Quels seraient mes regrets et mon excuse aux yeux de la postérité, si, trop tard, l'innocence de Palmérin venait à se découvrir ?

OLMÉRIC.

Sire, il est coupable.

LE ROI.

En ce cas, il sera condamné ; mais du moins il aura pu se défendre. (*A sa suite.*) Que les portes du palais soient ouvertes à tous mes sujets. (*Le Roi monte sur son trône. Les Juges prennent place sur des sièges. Le peuple, qui entre en foule, occupe le fond du théâtre. Léontine, qui entre avec le peuple, vient se placer auprès de sa maîtresse ; et Cowelly reste au fond du théâtre, mais de manière à être facilement aperçu.*)

SCÈNE XIV.

Les Précédens, LÉONTINE, COWELLY, le Peuple.

LE ROI, *sur son trône, s'adressant aux Juges.*

Chevaliers, lorsque la justice s'assied avec vous, toute opinion particulière, toute prévention, fût-elle motivée, doivent se taire pour laisser à la raison le libre usage de ses lumières. Ecartez donc es souveni irs dont vos esprits pourraient être frappés ; oubliez jus-

qu'au jugement que vous avez rendu, et ne voyez dans l'accusé qui
va paraître qu'un homme qui s'offrirait pour la première fois à vos
regards. Qu'on amène l'accusé. (*L'ordre est transmis par un
garde.*)

OLORA, *à part.*

Mon sort va donc se décider !

LÉONTINE.

Du courage, ma chère maitresse ; tout se dispose en sa faveur.

OLORA.

Ciel, le voilà ! (*Palmerin, amené par des gardes, paraît et
s'avance jusque vers le milieu du théâtre. Il jette un regard atten-
dri sur sa fille, et prend une contenance calme et résignée.*)

SCÈNE XV.

Les Précédens, PALMÉRIN.

LE ROI.

Approchez, Palmérin. J'ai voulu moi-même vous entendre, et
j'ai permis qu'on réunît autour de vous ceux qu'un juste intérêt
anime à vous défendre. N'oubliez pas cependant que l'inflexible
justice va seule présider avec moi. Écoutez donc le récit du crime
dont on accuse votre main, et justifiez-vous si vous êtes innocent.

OLMÉRIC.

Sire.......

PALMERIN.

Arrêtez, Olméric, épargnez-vous un discours superflu ; et vous,
sire, daignez m'entendre. Le crime dont je porte déjà la peine est
connu de tout l'univers, pourquoi donc en retracer le souvenir ?
C'est le coupable qu'il s'agit de trouver : on me désigne, on m'accuse, et je veux garder le silence.

LE ROI.

Vous refusez de vous défendre ?

PALMERIN.

Oui, sire, et mon malheur m'y contraint. Toutes les apparences
déposent contre moi ; toutes les circonstances qui accompagnent le
forfait sont des preuves qui s'accumulent pour me condamner :
que puis-je leur opposer ? Rien que de vaines protestations et des
sermens qu'on trouve également dans la bouche de l'innocent et
du coupable ! Qu'attendrai-je donc de la justice des hommes ? Il
faudrait qu'ils fussent des dieux pour lire dans ma conscience, ou
qu'Alfrede, sortant du tombeau, vînt montrer lui-même la main
qui l'a frappé. Je n'entreprendrai donc point une justification trop
difficile.

OLORA, *à part.*

Que dit-il ?

LE DAMOISEL, *à part.*

Il se perd !

LE ROI.

Pourquoi ? Doutez-vous de ma justice ?

OLMÉRIC.

Ce n'est pas en douter que se reconnaître coupable.

PALMÉRIN.

Prenez garde, Olméric ; celui qui donne, aux réponses d'un accusé, une interprétation que la haine suggère, lui fait faire, sans le vouloir, un pas vers sa justification. Mais il faut mettre un terme à ces funestes débats, trop indignes de l'honneur de la chevalerie ; et puisque ici le flambeau de la vérité ne peut suffisamment éclairer la justice, Sire, souffrez que je prononce moi-même, et rassure ainsi votre équité justement alarmée. Alfrède n'est plus. Je suis son assassin, ou je suis innocent. Si, convaincu par la force des apparences, vous ordonnez ma mort, quel est celui qui osera blâmer un arrêt dont l'accusé lui-même reconnaît la justice ? Si, entraîné par l'empire quelquefois invincible de la vérité, vous n'osez prononcer ma condamnation, irez-vous jusqu'à décharger ma mémoire de toute ombre de soupçon ? Me rendrez-vous l'honneur et le respect public, noble prix d'une vertu intacte ? Étoufferez-vous la voix de l'envie qui criera : S'il n'a péri sur l'échafaud, c'est que l'impuissance des preuves a suspendu le bras des bourreaux ? Et moi, je vivrais dans cet excès d'ignominie ! Je verrais les compagnons de ma gloire passée fuir à mon aspect comme à celui d'un reptile venimeux ! Au seul mot de crime, je croirais qu'on m'accuse, et mon front rougirait ! Non, non, quand on est soupçonné d'un attentat aussi énorme, il faut se justifier par des preuves éclatantes comme le jour, ou subir le trépas. Sire, j'ai cependant une grâce à vous demander, et c'est à vos pieds que je l'implore. (*Il met un genou en terre.*) Innocent ou coupable, je vais périr sur l'échafaud ; que deviendra ma fille si vous n'avez pitié de ses malheurs ? Hélas ! il ne lui reste plus d'amis, pas un être à qui je puisse confier sa douloureuse existence ! Ah ! Sire, peignez-vous toutes les angoisses qui déchirent le cœur d'un père qui, marchant au trépas, laisse dans l'abandon, la misère et l'opprobre, son enfant adoré !

OLORA.

Mon père, je ne vous survivrai pas !

LE DAMOISEL.

Mon ame est déchirée !

LE ROI.

Levez-vous, Palmérin, et rassurez-vous sur le sort de votre fille ; mon cœur a tout prévu pour elle. Mais vous-même...

PALMÉRIN, *se relevant.*

Sire, mes derniers vœux sont accomplis ; il ne me reste plus qu'à terminer mes maux. Ordonnez qu'on me mène à la mort.

LE DAMOISEL.

Non, sire, non, vous ne prononcerez pas cette horrible sentence ! Palmérin refuse de se justifier ; il demande la mort ; eh bien ! quel que soit le motif de sa cruelle résolution, c'est à moi de le défendre et d'attester son innocence ! Oui, sire, une erreur, fruit des plus fatales apparences, et répandue par un lâche en-

nemi, est le seul crime de Palmérin. Je le jure sur l'honneur;
j'en réponds sur ma tête.

LE ROI.

Jeune homme, quand il s'agit d'un crime, ce sont des preuves,
et non pas des sermens, que la justice demande. Mais répondez-
moi, Palmérin (car souvent des diverses actions de la vie s'échap-
pent quelques clartés soudaines qui en découvrent les scènes les
plus cachées) ; quand les lois eurent proscrit vos jours, dans quels
lieux portâtes-vous vos pas?

PALMÉRIN.

Hélas! pendant dix ans j'ai traîné mes malheurs de climats en
climats. Enfin, lassé d'une vie errante, je résolus d'achever, dans
les Gaules, mon obscure existence. Je choisis, sur les bords de la
mer, un lieu triste et sauvage, mais d'où, par un ciel serein, je
pouvais encore apercevoir les rivages de ma patrie. Là, je cons-
truisis de mes mains une grossière cabane ; j'y déposai mes armes,
et revêtu de l'habit d'un simple religieux, j'y vécus, l'espace de cinq
années, dans la retraite la plus austère, connu seulement des ha-
bitans de la contrée, qui, trop reconnaissans de quelques faibles
services, répandirent au loin la renommée des vertus et le nom
du Solitaire des Gaules.

LE DAMOISEL.

Du Solitaire des Gaules! Grand Dieu! Quoi, seigneur, c'est
vous ?

PALMÉRIN.

Moi-même. D'où naît votre surprise ?

LE DAMOISEL.

O Providence! daigne justifier mes heureux pressentimens!

OLORA.

Que veut-il dire ?

LE DAMOISEL.

Cowelly, tu dois encore avoir sur toi cette boîte qui lui fut
destinée.

COWELLY.

Oui, seigneur, la voilà.

LE ROI.

Que dites-vous ?

LE DAMOISEL.

Un chevalier mourant, sur les bords du Séjount, l'a remise entre
mes mains. Elle est adressée au Solitaire des Gaules, et doit, m'a-
t-il dit, rendre l'honneur à un innocent faussement accusé.

PALMÉRIN.

Qu'entends-je !

LE DAMOISEL, *donnant la boîte à Palmérin.*

Seigneur, hâtez-vous de l'ouvrir. Tout me dit que le moment
de votre justification est enfin arrivé.

OLORA.

Dieu! se pourrait-il !

PALMÉRIN.

Sire, qu'ordonnez-vous ?

LE ROI.

Brisez-la sous mes yeux.
(*Le Roi descend du trône ; tous les Chevaliers se lèvent. Palmérin
ouvre la boîte.*)

OLMÉRIC, *à part.*

Serait-ce un moyen concerté ?

PALMÉRIN.

Elle contient deux lettres.

LE ROI.

Donnez-les-moi. (*Le Roi les parcourt.*)

LE DAMOISEL.

Livrez-vous à l'espoir, ô ma chère Olora !

OLORA.

Je me soutiens à peine !

LE ROI.

C'est Itobalte qui écrit.

OLMÉRIC, LE DAMOISEL, OLORA, *ensemble.*

Itobalte !

PALMÉRIN.

Lisez, sire, lisez......

LE ROI, *lisant.*

« Palmérin, je fus bien coupable envers toi. Ta gloire fut la
« source de ma haine. Je te fis condamner injustement. Je crus
« jouir de ma vengeance ; hélas ! je ne recueillis que des remords,
« et ce sont eux qui m'ont conduit dans la tombe. Si je n'avais pas
« craint la honte, avant d'y descendre je t'aurais justifié. Tu ne
« le seras donc qu'après mon trépas. Alors on apprendra que j'ai
« lâchement dérobé l'écrit qu'Alfrède portait sur sa poitrine quand
« nous le trouvâmes sur son lit de mort : on le lira, et l'honneur
« te sera rendu. ITOBALTE. »

LE DAMOISEL.

Eh bien, Olora !

OLORA, *à genoux.*

O mon Dieu ! je te rends grâce !

PALMÉRIN.

Le ciel est juste enfin !

LE ROI.

Ecoutez ce qu'Alfrède lui-même déclare. (*Il lit.*) « Je n'ai pu
« survivre à ma défaite ; je meurs. Qu'on n'accuse personne de
« mon trépas, c'est ma propre main qui termine mes jours. Pal-
« mérin fut généreux, moi seul, j'avais des torts : que mon fils les
« répare, s'il veut honorer ma cendre. ALFRÈDE. »

LE DAMOISEL.

O Palmérin !

OLORA, *courant dans les bras de Palmérin.*

Mon père !

LE ROI.

Palmérin, vous voilà pleinement justifié, et j'en éprouve une joie bien sincère. Fille intéressante et courageuse, restez désormais dans les bras de votre père : je lui rends tous ses biens , tous ses titres; et sa gloire , un moment obscurcie , n'en sera que plus éclatante.

OLMERIC.

Palmérin , j'ai des torts envers vous; si mon erreur ne suffit pas pour les excuser, ordonnez , je ferai tout pour les réparer.

PALMÉRIN.

Frère et ami d'Alfrède, vous avez fait votre devoir. Mais , sire , je dois l'honneur et la vie à cet aimable chevalier. (*Il montre le Damoisel.*) Permettez-vous que je m'acquitte ?

LE ROI.

Disposez de mes trésors , de ma puissance.

PALMÉRIN , *donnant la main d'Olora au Damoisel.*
Voilà le seul prix qui soit digne de lui.

FIN.

9 782019 304690